KB081625

소개팅에 진저리 난
사람들이 보는 책

1. 모든 에피소드는 저자의 기억에 따랐으며 지인 에피소드는 사전 허락을 구하여 개인의 프라이버시, 저작권을 지키기 위해 다소 각색하였습니다.

2. 데이팅 앱 관련 서술은 2023. 4. 1. 기준 자료로 변동 가능성이 있습니다.

3. 데이팅 앱 예시는 구글 플레이 스토어 앱 다운로드 10만 명 이상을 기준으로 하였고, 일부는 저자의 선호에 따라 선정하였으며, 명칭은 가나다순으로 통일하였습니다.

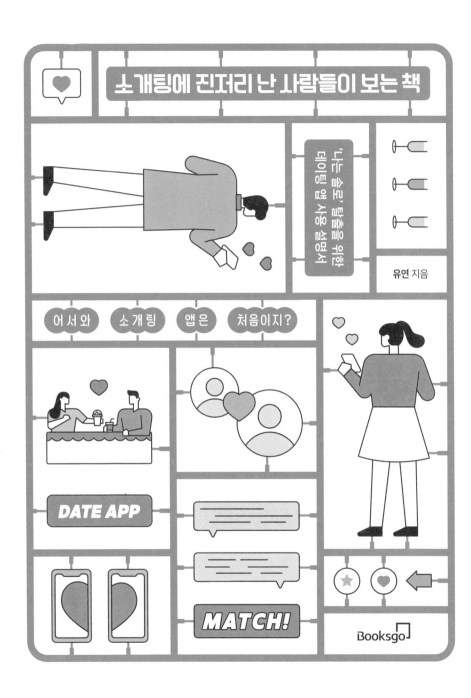

비자발적 솔로 여러분,
안녕 못하시죠?

저도 안녕했다 못했다 합니다. 연애가 뭐라고 우리의 안녕을 좌우할까요.

시간을 거슬러 20년 전으로 가 보겠습니다. 어린 시절 우리 가족은 거실에서 함께 잤습니다. 금요일 밤의 엄마는 우리 자매가 자는지 확인하고 음 소거 상태로 〈부부 클리닉 사랑과 전쟁〉을 시청하였어요. 소리만 듣다가 몰래 실눈을 뜨면 유리창에 반사된 TV 화면이 보였습니다.

저는 어릴 적부터 남녀 관계에 호기심이 많았어요. 유난히 데이팅 프로그램을 좋아했습니다. 중학생 때는 〈우리 결혼했어요〉, 대학생 때는 〈짝〉의 애청자였고, 지금은 〈나는 솔로〉를 가장 좋아합니다.

〈나는 솔로〉를 볼 때마다 '나도 솔로'라 푸념했어요. 저기 나갈 용기는 없는데 그럼 어딜 가야 하나 고민했죠. 갈 곳은 하나, 결혼정보회사를 검색했습니다. 헉! 백 단위 비용이 예상되었습니다. '백'이면 '빽'을 사지 싶어서 부담이 적은 데이팅 앱에 가입했습니다.

서른 살 1년 동안 100회 이상 매칭되어 소개팅했습니다.

"헐~"

여러분의 놀라는 소리가 여기까지 들리네요. 그러나 절대 가볍게 만나지 않았습니다. 데이팅 앱 시스템은 가벼워도 그걸 이용하는 제 마음은 진심이었어요.

그럼에도 데이팅 앱을 이용한다고 말하면 주변에서 말렸습니다. 본인들이 소개해 줄 것도 아니면서 하지 말라고만 하니까 조금 밉기도 했죠. 데이팅 앱이 무엇인지 알지 못하고 꺼림칙한 느낌 때문에 부정하다 보니, 앱을 통한 만남이 음지의 영역에서 성행하지 않나 싶습니다.

이 책은 데이팅 앱이 궁금한 비자발적 솔로들을 위한 책입니다. 이성을 만날 마땅한 방법은 없는데, 데이팅 앱으로 진지한 만남이 가능할지, 의심 반 호기심 반인 솔로를 위해 썼습니다. 많은 분이 데이팅 앱을 들어봤지만, 제대로는 모를 겁니다. 뉴스에서 넷플릭스와 유튜브보다 수익이 높다고 보도하는데 왜 주변에 이용하는 사람은 없을까요?

몰래 해서 그렇습니다. 검색해 봤자 광고만 나옵니다. 데이팅 앱에 대한 정보와 후기가 양지에서 공유되었으면 하는 마음에 한때 데이팅 앱 화석이었던 제 경험을 끌어모았습니다. 참고로 데이팅 앱 홍보 책은 아닙니다. 말도 많고 탈도 많은 데이팅 앱의 명암을 고루 담았습니다.

이 글은 한마디로 왕년에 소개팅 100번 실패한 저의 데이팅 앱 레시피입니다. 데이팅 앱의 기본 재료, 요리법, 주의사항, 팁을 정리했습니다.

레시피는 총 5장으로 나눴어요. 1장은 여러 만남 방법 중 데이팅 앱을 선택한 이유, 2장은 데이팅 앱 이론 편, 3장은 실전 편입니다. 앱을 시작할 분들은 2장을 읽고 3장을 따라 해 보면 좋을 것 같습니다. 4장은 앱이 떠먹여 줘도 왜 연애하지 못했는지, 5장은 어떤 반전을 꿈꿨는지를 담았습니다. 소개팅을 헤매고 있는 분들은 4, 5장에 주목해 주세요.

미리 말씀드리면 저의 이야기는 설레는 소개팅, 순수한 사랑, 달콤한 연애담이 아닙니다. 봄날의 따스한 햇살 같은 이야기를 기대하였다면 죄송합니다. 속물적인 만담에 가까워요. 데이팅 앱의 단맛부터 쓴맛, 매운맛, 죽을 맛까지 다 본 저의 구겨진 이야기입니다.

모범적인 내용은 일절 없습니다. 이 책으로 멋지게 보이고 싶은 욕심 싹 내려놓고 솔직하게 썼습니다. 읽으면서 '내가 데이팅 앱 하면 이 사람보다 금방 연애할 것 같은데?'라는 생각이 들 거예요. 제가 바로 그걸 노렸습니다. 책 제목 그대로 소개팅에 진저리 난 분들이 저만큼 고생하지 않고 얼른 소개팅을 끝내길 바라는 마음으로 썼습니다.

출판 계약서를 작성한 날, 저는 야한 꿈을 꿨습니다. 깜짝 놀라 해몽을 찾아보니 제가 현재 몹시 흥분한 상태라고 합니다. 맞습니다. 저는 지난 소개팅 응어리를 풀며 뜨거워졌습니다. 이 책은 소개팅에 묻혀 지나간 서른 살에 대한 자위 글입니다. 최대한 유쾌하게 풀었으니 여러분에게 흥미로운 자극으로 닿길 바랍니다.

유 연

MATCH ♥3
겟 레디 위드 미

MATCH ♥4
백번 매칭해도 솔로

MATCH ♥5
소개팅 리셋

MATCH ♥1
이별에서 데이팅 앱까지

스펙을 쌓고
연애를 시작했다

어릴 땐, 성적이란 스펙

'야무지다'라는 말 들어보았나요? 야무지다는 사람의 생김새가 빈틈없이 굳세다는 뜻입니다. 저는 어린 시절 야무지게 생겼다는 말을 자주 들었습니다. 천방지축 덤벙대는 어린이였지만 5:5 가르마 탓인지 사람들은 저만 보면 야무지게 생겼다고 말했어요. 굳이 예쁘다, 귀엽다는 흔한 칭찬을 놔두고 야무지다는 말만 20년 가까이 들었네요.

친언니는 동네에서 예쁘기로 유명했어요. 치킨 배달 기사가 치킨값을 받지 않고 번호를 물어볼 정도였죠. 가족끼리 외출하면 사람들은 언니에게 예쁘다고 칭찬했고, 뒤늦게 저를 보고 또 야무지게 생겼다고 말했어요. 엄마는 "우리 둘째는 대신 공부를 잘해요"라고 편을 들어주었지만, 슬프게도 저는 공부를 잘 하지 못했답니다. 보통 수준이었죠.

한번은 언니가 가족사진을 개인 홈페이지에 올렸더니 언니 친구들이 '대박! 유전자 몰방이네?' 하고 댓글을 달았어요. 언니는 서둘러 지웠고 저는 못 본 척하다가 그날 밤 이불속에서 펑펑 울었습니다. 언니도 친구들에게 말하겠죠.

"내 동생은 공부를 잘하거든?"

이쯤 되면 어쩔 수 없었습니다. 숙명으로 받아들였어요. 공부에 전혀 흥미가 없지만 제 존재가치를 찾으려면 공부를 잘해야 했습니다. 저는 예쁘지 않고 야무지게 생겼으니까요.

일찍 시작한 덕분인지 공부를 잘했습니다. 학생이 공부를 잘하는 것은 어딜 가든 1등으로 인정받는 일이었어요. 특히 아빠와 친가 친척에게 인정받을 때의 기분은 말 그대로 째졌습니다.

제가 태어날 때 맏아들인 아버지의 첫째가 딸이었으니 둘째는 반드시 아들이어야 하는 분위기였다고 해요. 할머니, 할아버지께서는 저를 예뻐하시면서도 항상 안타까운 표정으로 말씀하셨죠.

"아들 하나는 있어야 하는데…"

자라면서 눈치껏 알 수 있었어요. 엄마, 아빠, 할머니, 할아버지 모두 저를 사랑하지만 저는 부족하다는 것을요. 일주일에 한 번씩 할머니 댁에 갔고, 일요일마다 기죽은 엄마를 도와주고 싶었어요. 제 탓이란 생각이 들었거든요. 하지만 성별은 노력한다고 바꿀 수 있는 것이 아니잖아요? 학생이라 해드릴 것은 우수한 성적표밖에 없었습니다.

중학교 입학시험에서 1등을 했어요. 할아버지께서 "우리 손녀가 1등 했다"라고 친척들에게 연락을 돌렸습니다. 아빠는 친구 아들보다 제 성적이 우수하자 자랑거리가 생겼고요. 표현이 없고 무뚝뚝하신 아버지께서 첫 중간고사 전날 술 취해 사 오신 초콜릿을 수능 날까지 먹지 않고 간직했다면 믿어지나요? 아버지께서 주신 초콜릿 하나가 그 어떤 공부 자극 글귀보다 동기부여가 되었습니다. 끝까지 치열하게 공부한 것은 저의 욕심이지만 그 시작은 존재를 확인받고 싶은 마음이었어요.

예쁘지 않으니까, 우리집에서 원하지 않았던 여자로 태어났으니까 시작부터 부족하다고 느꼈고, 부족함을 성적표에서 채웠습니다. 저는 제 가치를 성적이란 스펙에서 찾았어요. 할아버지의 손녀딸 자랑, 아빠의 초콜릿, 엄마의 기죽지 않은 표정에서 안도했습니다.

스물, 외모도 스펙

성인이 되어 드디어 성적에서 벗어났습니다. 고등학생은 성적 하나로 평가받지만, 대학생은 다양한 매력을 찾아 가꿀 수 있었습니다. 하지만 갓 스무 살짜리에게 나만의 매력을 찾는 건 모의고사 등급을 올리는 것보다 어려운 일이었어요.

그중 예쁜 외모는 가장 쉽고 빠르게 매력을 찾아 주었습니다. 맛있는 음식은 먹는 순간 즉각적인 행복을 주잖아요. 외모도 메이크업을 배우고 스타일링만 바꾸면 업그레이드 되었어요. 특히 외모는 이성의 세계에서 빛을 발하는 스펙이었습니다. 미팅 자리에서는 절대적인 기준이 되었고, '첫인상 = 외모'는 불변의 법칙이었어요.

학창 시절 초콜릿을 보며 공부했듯 휴대폰 배경 화면에 미란다 커 사진을 박제해 놓고 다이어트를 했습니다. 10대 때 책을 본 만큼 20대에 거울을 보았어요. 남이 보기에 좋은 모양새를 갖기 위해 거울 앞에서 참 많은 시간을 보냈습니다.

저는 변함없이 타인의 표정에서 제 가치를 찾았어요. 어릴 때는 가족으로부터, 성인이 되어서는 불특정 타인에게 칭찬받아야 '내가 잘살고 있구나' 하고 안심이 되었습니다.

스물넷, 젊은 교사라는 스펙

스물넷에 교사가 되었어요. 가장 반짝이던 시절이었네요. 학생들은 젊다는 이유만으로도 저를 반겼습니다. 여자아이들은 "선생님, 눈 밑에 반짝이 뭐예요?", "선생님, 손톱에 보석 만져 봐도 돼요?" 하며 저의 차림새 하나하나에 집중했죠. 남자아이들은 제가 담임교사로 배정되자 환호했습니다. 선생님이 어떤 사람인지 모르면서 왜 이렇게 좋아하는지 묻자 '팔팔'해서 좋다더군요. 동료 선생님도 본인의 신입 시절을 회상하며 저의 싱그러움을 부러워해 주셨습니다. 여기저기서 소개팅이 들어왔어요. 소개팅에서 가장 많이 들었던 말은 "젊은 교사면 어딜 가나 인기 많으시겠어요"입니다.

저는 스물네 살에 첫 연애를 시작했어요. 남자친구는 서른한 살이었죠. 그의 친구들은 '이 자식, 대단하네?'의 느낌으로 그를 띄워 줬습니다. 당시 제 젊음도 제 직업도 스펙이 되었고, 저의 스펙이 제가 좋아하는 사람까지 띄워 줄 수 있어서 배로 우쭐했습니다.

스펙이란 본인이 티 내지 않아도 남들이 알아보는 일종의 명품 로고가 아닐까요. 아무것도 없는 셔츠에 로고가 박히면 괜히 있어 보이는 것처럼 별것 없던 사람도 "저 사람 ○○대학 나왔대", "○○에서 일한대"라는 말을 들으면 다르게 보입니다.

스펙이 걸려
연애가 흔들렸다

나의 연장선에서

저는 야무지게 태어나 부모님 말씀 잘 듣고 공부만 하는 학생이었습니다. 성인이 되어서도 대학교에서 부여한 코스를 밟고 졸업하자마자 선생님이 되었습니다. 다음 단계는 무엇일까요?

회사원은 경력을 쌓아 몸값을 높입니다. 저를 업그레이드 시키고 싶은데 공무원 신분으로 딱히 할 수 있는 것이 없었습니다. 경쟁자도 없고 누구를 이길 필요도 없었죠. 전교 1등이든 임용고사 합격이든 목표를 좇아 살아온 탓에 제자리걸음으로 사는 것이 불안했어요.

사회생활을 하며 특이했던 점은 누구를 언급할 때 그 사람의 가족까지 확장한다는 것입니다. 배우자의 직업과 그 집안 수준 까지요. 제가 남자친구를 소개할 때도 주변에서 궁금해하는 건 그의 스펙이었어요. 어떤 사람인지 깔끔하게 알 수 있기 때문일 거예요. 추상적인 형용사보다 구체적인 숫자를 활용하면 빠르게 소통할 수 있었습니다. "일을 잘해서 여기저기서 인정받는 사람 이에요"보다 "연봉 얼마래요"라고 말하면 사람들은 끄덕이고 더 묻지 않았습니다. 매력은 말하자면 스케치부터 시작해 채색까지 품이 드는 작업인데, 스펙은 단번에 입력되는 사진과 같습니다.

갈수록 누구를 만나는지에 따라 내 평판이 달라지겠다고 생각했어요. 별이 빛나려면 낮인지 밤인지 배경이 중요한 것처럼 말이에요. 그렇지만 결혼을 잘해야겠단 생각은 없었어요. 저는 비혼주의에 가까웠거든요. 그 덕분에 남들이 보기 좋은 사람보 다 제가 좋아하는 사람을 만날 수 있었습니다.

친구 남편의 스펙을 듣고

사회생활 5년 차에 접어들자 친구들의 결혼 도미노가 무서 운 속도로 시작되었죠. 뒤풀이 자리에서 배우자의 스펙이 공유 되었습니다. 친구의 잘난 남편 이야기를 들을 때 저도 모르게 배가 아프더라고요. "네 남자친구는 뭐 하는 사람이야?"라는 질문에 살짝 자존심도 상했습니다. 당시 제 남자친구는 취업준비생이었는데 속으로 '내가 쟤보다 뭐가 모자라서'라는 생각이 스쳤죠. 내가 열심히 살아온 것은 현재 안정적이고 안락한 생활로 보상받고 있음에도 이상하게 억울했어요.

비슷한 시기에 결혼한 친구들은 누구를 만났는지에 따라 삶의 명도와 채도가 달라졌어요. 소위 결혼 잘한 친구는 삶의 안전지대에 살며 불행할 틈이 없어 보였죠. 문제가 생겨도 갈등으로 번지지 않고 금방 해결되었어요. 반대로 연애 때는 죽고 못 사는 사이였는데, 집을 구하면서부터 틀어지는 경우도 보았습니다. 그런 이야기가 누적될 때마다 무탈한 결혼생활의 필요조건은 든든한 배경인가 하는 생각이 들어 머리가 복잡했습니다.

1등 신붓감이란 꼬리표를 달고

임용 시험에 합격한 날부터 명절마다 듣는 레퍼토리가 있습니다.

"여자가 교사면 최고지."

"시집 잘 가겠네."

"부모님이 이제 걱정 없겠어."

"너 좋다는 신랑감 줄 서겠다."

그때마다 저는 우물쭈물 개미 소리로 투덜거렸어요.

"결혼 잘하려고 선생님 된 거 아닌데요."

엄마께서는 왜 좋은 소리를 꼬아서 듣느냐고 나무라셨죠. 실랑이가 지겨워서 더 대꾸하지 않고 "네~ 네~" 하고 넘겼습니다. 그런데도 그런 말들이 매년 더 깊게 꽂혔어요.

하루는 남자친구와 찜질방에 갔어요. 불가마에서 아주머니 3인방이 달걀을 건네며 다가오셨어요. 어둠 속을 걸어오는 모습이 제겐 마치 저승사자 같았습니다. 저희가 몇 살인지, 어느 대학을 나왔는지, 무슨 일을 하는지까지 순식간에 취조당했고, 얼떨결에 다 불게 되었습니다. 세 분은 한마디씩 심판하며 불가마를 퇴장하셨어요.

"여자가 아깝네."

"서로 좋으면 됐지. 아직 어려서 뭘 모르잖아."

"총각, 아가씨 도망 못 가게 얼른 결혼해 버려!"

그날 삶은 달걀이 유난히 퍽퍽했습니다. 그 뒤로 우리 관계를 한걸음 뒤에서 지켜보는 날이 많아졌습니다.

잘 알고 있습니다. '교사는 1등 신붓감'이란 말은 완전히 옛말입니다. 제가 임용에 합격한 십 년 전에도 간당간당한 말이었죠. 여자 중 고연봉의 전문직 종사자도 많은데 결혼 시장에서 굳이 교사란 직군을 예전만큼 선호할 이유가 없습니다.

　하지만 십 년을 세뇌당했더니 내가 혹시라도 결혼한다면 잘 해야 할 것 같았어요. 시대와 동떨어진 어른들의 소리지만 마냥 지나쳐지지 않았습니다. 야무진 외모 때문에 공부를 시작했던 것처럼 어른들이 붙여준 꼬리표에 맞춰 살아야 할 것 같은 압박 감이 생겼습니다.

사랑으로 밀어붙인 결혼의 끝

비혼에서 결혼

'서른 병'이란 말 들어보셨나요? 중2병처럼 서른 즈음에 겪는 인생의 방황을 뜻합니다. 주요 증상에는 불안감과 조급함이 있습니다. 정해진 게 없는 상황을 20대는 자유라 느끼지만, 서른 병을 앓으면 자유도 불안이 됩니다. 유목 생활을 끝내고 정착하고 싶어집니다.

저는 스물아홉 가을부터 스멀스멀 서른 병 조짐이 보였어요. 여기저기서 결혼 소식이 쏟아졌고, 심지어 제 또래 유튜버들조차 그즈음 결혼 브이로그를 올렸습니다. 연달아 청첩장을 받으며 나만 뒤처진다는 생각에 조급해졌어요.

서른 병엔 약도 없었습니다. 저는 서른 병을 이기지 못하고 결혼을 꿈꾸게 되었습니다. 사실 제 비혼주의에 뚜렷한 뜻은 없었거든요. 단순히 미래를 그리지 않고 편하게 연애하고 싶은 핑계였습니다. 나이가 들수록 남들처럼 결혼하고 아이도 갖고 가정을 꾸리고 싶어졌어요. 비혼이라 말할 때는 상관없던 남자친구의 조건이 신경 쓰이기 시작했습니다. 비혼 생각이 깨지고부터 연애가 삐걱거렸어요.

사랑으로 결혼, 반대해서 이별

그럼에도 불구하고 그가 좋았습니다. 그래서 이 사람을 선택할 용기를 키웠어요. 알 거 다 아는 나이라 현실을 외면하려면 그냥 적당히 좋아해선 안 되었습니다. 어딜 가서 '내가 쟤보다 뭐가 모자라서'라는 생각을 안 하려면 그 사람 전부를 온전히 좋아해야 했습니다.

그가 한없이 좋아졌을 때 결혼을 결심했어요. 부모님이 반대할 줄 알면서 그를 소개했습니다. 엄마, 아빠 말 잘 듣는 딸이라, 이건 몇 년의 시간이 필요할 만큼 큰 용기였어요. 고향에 내려가는 KTX에서 그가 얼마나 좋은 사람인지, 내가 그를 얼마나 좋아하는지, 할 말을 달달 외웠죠.

부모님은 그와 결혼할 거면 부모 자식의 연을 끊자고 하셨습니다. 엄마의 그런 표정은 태어나 처음 봤습니다. 저를 키운 시간과 젊은 날의 희생이 헛된 느낌이었을 겁니다.

지금도 그날이 생생히 기억나요. 엄마의 떨리는 얼굴 근육, 생각을 바꿔보라며 안아주던 아빠의 한숨 소리까지. 부모님의 슬픔을 보는 게 괴로웠어요. 요즘 세상에 누가 부모 반대로 헤어지냐는 말도 들었지만, 저는 그런 찌질한 이유로 이별했습니다.

이별 후 엄마가 밉지 않았어요. 가만 보면 저는 엄마를 닮았거든요. 엄마를 핑계로 눈을 정수리에 두고 있었죠. 잠시 물구나무를 서서 세상을 보더라도 그와 결혼하고 싶었는데, 제 본능은 마음 한편에 결과를 알고 있었던 것 같아요. '나는 결국 엄마의 입을 빌려 헤어지겠구나' 하고요. 축복받는 결혼을 하고 싶다는 핑계로 그와 이별했습니다.

이별 후에 서른

슬픔은 시시때때로 찾아왔어요. 드라마에서는 '한 달 뒤'라는 자막으로 대체되는 고통의 시간을 현실에서는 24시간 고스

026

란히 견뎌내야 했습니다. 꼬르륵 소리에 볶음밥을 만들다 주저 앉아 울었고, 그 와중에 달걀프라이까지 올려 먹겠다고 달걀을 깨다 어이없어 울었죠. 밥을 비벼서 우걱우걱 씹어 넣다 목이 막혀 울었고, 양치질하다 거울 보면 또 꺼이꺼이 눈물이 났습니다. 밤에 잠이 오지 않아서 눈을 떴는데 아직 새벽이라서 등 온갖 이유로 눈물이 나면 나는 대로 쏟아냈어요. 슬픔이 다 할 때까지 울자 끝이 안 보이던 슬픔은 잦아들었습니다.

정신을 차려 보니 서른이었어요. 그리고 거부할 수 없는 서른병이 온몸에 퍼졌습니다. 언제 결혼해서 언제 아이를 낳을지 인생 시간표를 짜서 세상에 제출해야 할 것 같은 조급함이 들었어요. 저는 제로 상황인데 결혼 적령기 시한폭탄 핀은 뽑힌 겁니다.

카운트 다운되는 시간에 쫓겨 저는 불안해졌어요. 헤이즈의 이별 노래를 들으며 슬픈 감정을 곱씹는 동안에도 서른은 서른하나에 배턴을 넘기기 위해 부지런히 달리고 있었죠. 서른은 이별을 씹고 맛보고 느낄 때가 아니었습니다. 오늘의 나는 어제의 나보다 늙었고, 내일의 나는 더 늙을 예정이라 눈가 주름에 파운데이션이 더 끼기 전에 소개팅을 시작해야 했습니다.

지인 소개팅보다
데이팅 앱

지못미, 지인 소개팅은 못하겠어! 미안해

선배에게 소개팅 주선을 부탁했어요. 선배는 어떤 스타일을 좋아하냐고 물었고 착한 사람이라 답했더니 기준이 모호하다네요. 섹시한 사람이 좋다고 했더니 이번엔 음흉하다네요. 그래서 학벌 좋고 직업 좋은 사람이라 말했더니 뜨악한 표정으로 "너 속물이니? 어디 가서 그런 소리 하지 마"라고 말했습니다.

네, 저는 어디 가서 속물 소리 안 들으려고 데이팅 앱을 시작했습니다. 이제 조건을 확인하고 사람을 만나고 싶지만, 주변에 그런 말을 하면 속물 취급을 받았어요. 지인 소개팅은 시작부터 쉽지 않았습니다. 솔직히 저는 "좋은 사람 있으면 소개해 주세요"라고 말하기부터 어려웠어요.

지인에게 용기를 내어 외로운 처지를 털어놓는다고 무엇이 달라질까요? 웬만해선 소득도 없었고 그들은 제 외로움에 큰 관심 없었습니다. 기다리면 좋은 사람이 나타날 거란 위로에 어색하게 웃고 민망해질 뿐이었죠. 그리고 부탁하는 것도 한두 번이지, 세 번부턴 없어 보였습니다. 진짜 없을 때 없어 보이는 건 비참했어요. 반면 앱을 이용하면 지인에게 없는 티를 내지 않아도 되었습니다.

또한 지인 소개팅에선 상대에 대한 정확한 정보도 알기 어려웠어요. 예를 들면 이런 상황입니다. 동료 선생님께서 "괜찮은 남자 있는데 소개해 줄까?"라고 운을 뗐고 저는 어떤 사람인지 물었습니다. 선생님께서는 누가 누구인지 분간되지 않는 단체 사진 속 그의 형상을 보여 주며 그의 성품을 설명하였습니다. 궁금한 것은 그게 아닌데 계속 착한 것만 강조하네요. 더 묻기도 어려워서 조심스럽게 입을 뗐어요.

"선생님, 괜찮아요. 신경 써 주셔서 감사합니다."

샐룩하는 눈초리에서 단번에 읽을 수 있었습니다.

'생각보다 눈이 높네?'

이런 불편한 상황이 싫었습니다. 그래서 "선배 믿고 그냥 나 갈게요" 하고 만나 보면 아뿔싸… 어른들의 눈은 어쩜 그렇게 우리와 다를까요? 나이들수록 확인하고 싶은 것이 많아지는데 주선자들은 얼추 나이만 맞으면 짝지어 주려 하니, 소개받고도 '나를 이 정도로 밖에 보지 않았나?' 하고 기분이 상했습니다. 주선해 준다는 사람 중 제 이상형을 잘 알고 그런 스타일을 찾아 소개해 주는 사람은 극히 드물었어요.

더군다나 지인 소개팅엔 주선자의 기대치가 포함되어 있었어요. 주말에 만난 뒤 월요일에 출근하면 "어땠어? 괜찮았지? 거봐, 내가 잘 어울릴 거라 했잖아. 또 만나기로 했어?"란 질문에 미주알고주알 답하기 부담스러웠습니다. 상대가 나를 어떻게 평가했는지 주선자가 아는 것도 신경 쓰였죠. 지인을 거친 소개팅은 애프터 거절도 2배 정중해야 했고 거절당하는 것도 2배로 민망했습니다.

묻지도 따지지도 않고 데이팅 앱

앱으로 소개팅한다고 말하면 사람들은 걱정스러운 표정으로 "그래도 아는 사람에게 소개받는 게 속이 편하지 않아?"라며 말렸습니다. 어떤 마음에서 하는 말인지 알고 있습니다. 보편적인 소개팅은 지인을 통해 주선됩니다. 주선자와 친분 덕에 상대를 어느 정도 신뢰할 수 있죠.

하지만 믿을 수 있는 범위는 어디까지일까요. 주선자의 친한 친구면 통상적으로 믿을 수 있다고 합시다. 그렇다면 적당히 아는 직장 선배는 어떤가요? 그 선배의 동생은요? 나이 들수록 미혼 이성을 찾으려면 가지를 뻗어야 하는데, 뻗을수록 지인 소개팅이라 말하기 민망해집니다. 저는 세 다리 건넌 소개팅까지 받아봤는데, 보증인이 흐릿해졌어요. 건너 들은 정보가 애매하게 거짓일 때 중간에서 여러 사람만 난처했습니다.

또 소개해 주는 사람도 그들과 사귀어 보지 않은 이상, 그들의 이성적 모습은 알지 못했습니다. 외향적인 사람이라 소개받았는데 그는 내향인, MBTI로 따지면 I였죠. 사회생활을 해야 하니까 출근하면 노력형 E로 산다네요. 원래 대인 관계와 이성 관계는 전혀 다른 영역이잖아요. 직장에서 리더십 있고 일 잘한다고 해서 저에게까지 매력적이진 않았습니다.

반면 앱에서는 프로필을 통해 여러 매력을 확인할 수 있었습니다. 개인적으론 지인에게 듣는 설명보다 탄탄했어요. 저는 성품 말고도 궁금한 게 많았는데, 요즘 데이팅 앱은 차별성을 갖기 위해 점점 많은 정보를 요구하거든요. 이용자도 그 안에서 돋보이려고 스펙을 최대로 공개합니다.

TV 프로그램 〈남녀탐구생활-소개팅 편〉에서 소개팅 언어 해석을 보면 '대학 생활은 어디서 하셨어요?'로 학벌, '드라이브 좋아하세요?'로 자차 유무, '부동산에 관심 있으세요?'로 재력, '명함을 받는 것'으로 연봉을 확인한다는데, 그런 수고로움을 피할 수 있습니다. 첫 만남에 물어보기 어려운 것을 데이팅 앱 서비스에 맡기고 조건을 확인한 상태에서 만나는 거죠.

프로필을 확인하고 난 뒤 판단도 자유로웠어요. 지인 소개팅은 사진만 보고 거절하기 어려웠지만, 앱에선 가능했습니다. 앱으로 소개받으면 선택권이 온전히 저에게 있거든요. 연하남 취향의 친구는 주변에 어린 남자가 좋다고 말하기 민망했는데 앱에서 맘껏 매칭할 수 있어 편했다고 합니다. 가만히 생각해 보면 소개팅이란 지인이 아니라 본인에게 중요한 일이고 저녁 메뉴조차 내가 선택하는데, 내가 만날 사람을 타인에게 맡기고 잘 소개해 달라는 건 살짝 어색하기도 했습니다.

그뿐만 아니라 소개팅 기회도 무한했습니다. 본인이 주변에서 가만두지 않을 만큼 괜찮은 사람이라면 모르지만 저처럼 평범한 사람에겐 지인 소개팅만으론 부족했어요. 주변에 남자를 맡겨 놓은 것도 아니고, 때 되면 알아서 나타날 운명의 남자가 있는 것도 아니었습니다. 그러나 앱에선 모두가 잠재적 소개팅 상대라 맘만 먹으면 무한한 기회가 열렸습니다. 전투적으로 이성을 찾고 싶을 때 두둑한 총알은 데이팅 앱이었습니다.

가장 좋았던 건 다양한 사람을 만날 수 있다는 겁니다. 저는 교사라 대학 동기부터 직장동료까지 모두 교사입니다. 교사 주변에는 교사가 많거나 교사밖에 없죠. 제 인맥으로 소개받는 것은 겹치고 한계가 있었어요. 실제로 앱을 통해 회사원, 은행원, 사업가, 의사, 변호사, 회계사, 파일럿, 기자, 드라마 PD, 유튜버, 웹툰 작가까지, 앱이 아니었다면 연결 다리가 없는 직업군과 소개팅했습니다. 본인이 어떤 사람과 맞는지 모를 때 실험적으로 여러 분야의 사람을 만나며 취향을 알아가는 것도 가능하다고 생각합니다. 다음의 설문 조사 결과에서도 데이팅 서비스를 이용한 이유로 다양한 상대를 선택할 수 있다는 응답이 가장 많습니다.

데이팅 앱 관련 설문 조사

◆ **조사 대상** 온라인 데이팅 서비스 이용 경험이 있는 남녀 300명
◆ **조사 주제** 온라인 데이팅 서비스를 이용한 이유(중복 응답 가능)
◆ **조사 결과**

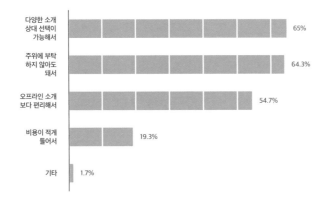

출처 ㈜엠브레인퍼블릭

자기 주도적 셀프 소개팅

"괜찮은 사람 생기면 내가 꼭 소개해 준다"라고 호기롭게 말했던 친구들은 육아하느라 바빴습니다. 짝 있는 친구에게 외롭다고 말해 봐야 소용없었어요. 솔로끼리 외롭다고 말해 봤자 더 부질없는 건 말해 뭐 합니까, 입만 아프죠.

이별 후 괜히 지인 소개팅에 기대지 않고 바로 앱을 설치했습니다. 앱에는 이상한 사람, 가벼운 만남도 있지만 괜찮은 사람, 진지한 만남이 훨씬 더 많았습니다. 사실 헤어진 그도 앱으로 만났어요. 그가 좋은 사람이었고, 그 덕분에 앱을 향한 부정적 선입견은 없었습니다. 그를 단순 연애 이상으로 좋아했으니 앱으로 만나 결혼까지 할 수 있다고 생각했어요.

저는 결혼을 목적으로 다시 데이팅 앱을 시작했습니다. 알을 남이 깨면 달걀프라이고 내가 깨면 새 생명이라 하죠? 제 인생이니 제가 깨고 소개팅 시장에 나왔습니다. 저에게 소개팅을 물어다 주는 어미 새는 없었거든요. 좋은 사람 찾고 싶으면 이곳저곳 날아다니며 발품을 팔아야 했습니다.

특히 30대는 결혼정보회사에 가도 왜 이제 오셨냐는 소리를 듣습니다. 가만히 손 놓고 남이 해 주는 소개팅만 기다리면 6개월, 1년이 금방 지나갈까 봐 불안했습니다. 남들 말대로 내 할 일 잘하면서 지내다 보면 알아서 좋은 사람이 나타나는 운수 좋은 날은 없었고, 인연을 찾으려면 엉덩이 떼고 움직여야 했습니다.

자만추보다
데이팅 앱

자만추 기회 소멸

〈만남이 어려워진 시대, 외로움은 커지고 데이팅 앱은 켜지고… 데이팅 앱 사용자 급증〉 이런 기사를 보았습니다.

그리고 이런 댓글이 달렸죠. '이 에피소드로 데이팅 앱 하는 사람들 수준 대충 이해할 수 있음. 어느 기자가 롤스로이스 CEO에게 묻길 '왜 롤스로이스는 자율주행 기술을 도입하지 않나요?' 롤스로이스 CEO가 웃으며 답하길 '나는 우리 고객들에게 그런 질문을 받은 적이 없습니다. 그들은 이미 운전기사가 있기 때문이죠.' 이어지는 댓글은 'ㅋㅋㅋㅋㅋㅋ'였습니다.

댓글을 해석해 볼까요? '데이팅 앱? 얼마나 궁하면 그런 서비스까지 이용해? 매력 있으면 자연스럽게 연애할 수 있는데 앱까지 쓰는 건 오버지. 거기에 현실에서 연애 못하는 찌질한 사람만 잔뜩 모여 있는 거 아냐?'라는 이야기입니다. 데이팅 앱이 자만추(자연스러운 만남 추구의 줄임말입니다)로 연애 못한 사람들의 패자부활전 같단 뜻, 무시하는 뉘앙스도 살짝 풍기네요.

저도 자연스러운 만남이야말로 인연을 찾는 베스트 방법이라 생각합니다. 하지만 제가 핵인싸 성향에 여기저기 돌아다니며 먼저 말을 거는 성격이 아닌 이상 주변 사람 안에서 이성을 찾는 건 한계가 있었습니다. 연애할 생각 없는 사람한테 다가갔다가 괜히 민망해질 수도 있고요.

또한 제가 처음 솔로였을 당시보다 자만추 기회가 적었어요. 개인주의 분위기는 짙어졌고 직장에선 일로 만난 사이라 서로 선을 지켰죠. 특히 코로나 팬데믹 이후 오프라인 커뮤니티가 예전만큼 활성화되어 있지 않았습니다. 점차 거리 두기가 완화되었지만, 저는 귀가 본능이 몸에 뱄는지 몸이 늙었는지 20대 때만큼 모르는 사람을 만나는 사교활동을 즐기지 않게 되었습니다. 퇴근하면 피곤해서 익숙한 사람과 간단히 저녁을 먹거나 혼자 넷플릭스를 보았어요. 주말에라도 직장인 동호회에 나가서 자연스럽게 만나 볼까 생각했지만, 노력형 자만추는 애매한 모양새로 끝날 것 같아 굳이 시도하지 않았습니다.

인만추° 서비스 등장

저에겐 데이팅 앱이 자연스러운 만남보다 가성비가 좋았습니다. 집, 직장, 헬스장만 반복하는 일상에서 자연스럽게 누굴 만날 기회는 없었는데, 데이팅 앱은 카드 매칭부터 다양한 콘텐츠로 이성을 만날 명분을 끊임없이 제공했습니다. 속물 같은 마음을 두루뭉술하게 돌려 말할 필요도 없었죠. 솔직하게 기재할수록 확실하게 이상형을 찾을 수 있었어요.

데이팅 앱을 자율주행 서비스라 생각했습니다. 연애엔 대행기사가 없으니 스스로 액셀을 밟아야 하는데, 이때 자동화된 기능에 잠시 나를 맡기는 것도 좋은 방법이었습니다. 제가 앱을 활용한 이유는 저를 소개팅으로 데려다준 효율적 수단이었기 때문입니다.

제가 소개팅을 소개팅 앱에 맡긴 건 요리를 요리사, 약을 약사에게 맡기듯 자연스러운 선택이었습니다. 공부든 운동이든 전

° 인만추 인위적인 만남 추구의 줄임말로 지인 소개팅부터 데이팅 앱, 결혼정보회사를 통한 만남 등이 있습니다.

문가의 도움을 받는 게 익숙했고, 데이팅 앱은 매칭 전문 공간이니까요. 4차 산업혁명 시대에 AI 알고리즘이 주선해 주는 데이팅 앱을 나쁘게만 볼 것은 아니었죠.

그리고 괜찮은 데이팅 앱에 가입해서 딱 3일만 활동해 보면 찌질한 집단, 패자부활전 소리는 쏙 들어갈 거에요. 자만추로 만나기 어려운 매력적인 프로필들이 펼쳐졌거든요. 그런 점에서 데이팅 앱을 한 번도 안 쓴 사람은 있어도 한 번만 쓴 사람은 없을 것 같습니다. 오히려 자만추야말로 소개팅에서 승부가 안 나는 사람들의 대체 루트가 아닐까 생각해 봅니다.

데이팅 앱은 해외에선 이미 보편적인 서비스입니다. 미국 성인 10명 중 3명은 데이팅 앱 이용 경험이 있고, 1명은 현재 배우자나 연인을 앱으로 만났다는 조사 결과도 있습니다(송은미, 2023). 국내 시장도 꾸준히 성장하여 현재 구글 플레이 스토어에 등록된 데이팅 앱은 이백 개가 넘습니다. 버스나 지하철에서도 틴더(Tinder), 아만다, 여보야 등 데이팅 앱 광고를 쉽게 볼 수 있죠.

아마 여러분의 생각보다 주변에 앱을 써 본 사람이 많을 거라 생각합니다. 관련 에피소드가 "내 친구가 요즘 소개팅 앱 하는데"로 전달될 뿐입니다. 제가 앱밍아웃을 해야 친구도 "그때 말했던 친구 말이야, 사실 나야"라고 고백합니다. 본인 이야기를 친구 이야기로 둔갑해서 그렇지, 앱 시장은 이미 레드 오션입니다. 연예인 이지혜도 〈돌싱글즈〉라는 프로그램에서 결혼하고 싶은데 소개팅이 안 들어와서 앱을 깔았다고 말했죠. 코로나도 한몫하여 코로나 이전과 비교해 이용자가 55% 이상 늘었습니다.

더욱이 온라인 소개팅은 MZ세대 특징과도 잘 맞아떨어집니다. MZ세대는 잠자는 시간을 제외한 하루의 3분의 1 이상을 모바일에서 보냅니다. 온라인 공간이 익숙해서 온라인 쇼핑부터 교육, 친교 활동까지 큰 거부감이 없습니다. 오히려 좋고, 오히려 편하죠.

저 역시 인터넷 쇼핑을 즐기다 보니 이제 오프라인에서 고르는 게 살짝 귀찮을 때가 있어요. 나가는 것도 번거롭고 점원의 친절한 설명과 추천이 부담스럽습니다. 괜히 얼굴을 트면 환불할 때 민망합니다. 비슷한 맥락으로 지인 소개팅은 주선자와 관계까지 신경 써야 하는데, 부담스러운 관계를 싫어하는 우리 세대에겐 앱개팅(앱+소개팅의 줄임말로 데이팅 앱을 통한 만남을 뜻합니다)이야말로 한번 시도해 볼 만큼 매력적이지 않을까요? 세대가 넘어갈수록 발품 대신 손품을 팔고, 온라인 속 움직임에 익숙해져 앱을 통한 만남도 자연스러워지고 있습니다.

제 동료는 다름 아닌 부모님께서 "친구 아들이 휴대폰으로 결혼했다"라며 데이팅 앱을 추천해 주셨다고 합니다. 부모님 세대에도 랜선 채팅이나 펜팔을 주고받다 만나는 일이 있었으니, 데이팅 앱이 전혀 생소한 만남 방식은 아닙니다. 데이팅 앱이 일반 소개팅만큼 자연스러울 시대가 멀지 않았다는 생각이 듭니다.

차라리 결혼정보회사
가라는 이야기

데이팅 앱 vs 결혼정보회사

데이팅 앱 할 거면 차라리 확실하게 결혼정보회사(이하 결정사)에 가입하라는 말을 자주 들었습니다. 사람들이 결정사 가입을 주저하는 이유는 무엇일까요?

저에게 가입 장벽은 비용이었습니다. 검색해 보니 대략 200만 원부터 시작했어요. 기본 매칭이 일반적으로 5회라 1회 비용은 평균 40~60만 원인 셈이죠. 만혼이면 가입비가 올라가고 상대를 상향하려면 프리미엄 값이 붙고 결혼 시 성혼 비를 받는 업체도 있었습니다. 데이팅 앱은 1회 매칭 비용이 무료거나 대부분

10,000원 이하입니다. 결정사를 알아보다 앱으로 방향을 틀었더니 부담감이 확 줄었습니다.

그리고 결정사에 가입하려면 직접 방문하거나 전화 상담이 필요했습니다. 홈페이지에 연락처를 남겨 놓으면 매니저에게 연락이 온다는데 조금 부담스러웠어요. 신원 확인을 위해 제출해야 하는 서류는 무엇일지, 어디로 따로 연락이 가는 건 아닌지 괜히 걱정되었죠. 데이팅 앱은 내려받고 가입까지 10분이면 충분했습니다. 저에게 두 수단은 물리적, 심리적 접근성에서 큰 차이가 있었습니다. 결정사는 큰맘 먹고 시작해야 하지만, 앱은 '한번 해볼까?' 정도의 마음으로도 시작할 수 있었습니다.

그런데 데이팅 앱으로 사람 만나길 주저하는 이유는 무엇일까요? 상대가 믿을만한 사람인지 알 수 없기 때문입니다. 앱은 아무나 막 가입해서 입맛대로 프로필을 꾸밀 수 있습니다. 지인의 경우 앱으로 만난 상대가 유부남인 걸 나중에 알게 된 일도 있었어요. 결정사는 공증된 자료로 신원을 확인합니다. 일부 결정사는 신원 인증팀이 따로 있을 만큼 철저하게 관리합니다. 더욱이 앱은 비대면으로 운영하지만, 결정사는 사람이 직접 주선하기 때문에 더 믿음이 갈 것 같습니다.

또 성비 이야기를 빼놓을 수 없습니다. 매칭에서 가장 중요한 것은 성비입니다. 각 데이팅 앱과 결정사마다 다르지만, 데이팅 앱이 '온라인 군대'라는 우스갯소리가 괜히 있겠어요? 데이팅 앱엔 남성 회원이 압도적으로 많습니다. 주요 데이팅 앱의 평균 성비를 보면 남녀 비율이 8:2에 가깝습니다(인크로스, 2022). 반면 결정사의 남녀 비율은 5:5 언저리로 균등한 편입니다. 여기서 숫자만 놓고 보면 '여성은 오히려 데이팅 앱에서 유리한 거 아닌가' 하고 생각할 수 있는데요, 그렇지 않았습니다. 자세한 건 매치 4(142쪽)에서 이야기해 보겠습니다.

일장일단, 양날의 검

결정사에 가입한 지인은 여기저기 얼굴 팔릴까 봐 앱이 싫었다고 합니다. 프로필에 사진부터 온갖 개인정보가 들어 있는데, 앱에선 여러 사람에게 노출되니까요. 이용 기간이 늘수록 내 프로필을 보는 사람도 늘어납니다. 반면 결정사는 매칭 가능성이 있는 몇 명에게만 프로필을 전달합니다.

그런데 프로필 노출은 매칭 기회로 연결되었습니다. 저는 앱에서 원하는 만큼 프로필을 열람할 수 있었어요. 제 프로필을 보는 사람이 많은 대신 제가 볼 수 있는 프로필도 많은 겁니다. 물론 결정사도 비용을 추가하면 무제한 소개 프로그램이 있지만 기본 프로그램은 설정한 횟수에서 만날 때마다 차감되는 방식입니다.

데이팅 앱은 매칭이 무한한데다 선택까지 자유로웠습니다. 마음에 들 때마다 호감을 표현하고, 들지 않으면 바로 패스할 수 있었어요. 하지만 활동의 자율성도 양날의 검이었습니다. 자율성이 높을수록 매칭률이 낮아집니다. 마음에 드는 사람에게 표현해 봤자 대부분 거절로 돌아옵니다. 저는 '이 정도 사람이면 나를 좋아하지 않을까?'의 기준을 퇴짜맞는 경험으로 직접 쌓아야 했습니다.

반면 결정사는 처음부터 내 위치를 정확히 알 수 있습니다. 매니저가 적당한 상대를 소개해 주기 때문입니다. 프로필을 보고 패스할 기회도 3회 패스 시 1회 주선 등으로 계산되기 때문에 유한합니다. 결정사에 가입한 지인은 소개해 주는 프로필을 패스하다가 '나는 이 수준에서 만족해야겠다'를 깨달았다고 해요. 그래서일까요, 저와 비슷한 시기에 소개팅을 시작한 그녀는 벌써 결혼했습니다.

데이팅 앱 게시판에는 두 가지를 동시에 하는 사람들의 '결정사 vs 데이팅 앱' 비교 글이 많았습니다. '앱은 항상 다음이 열려 있어 현재 만남에 소홀해진다', '결정사로 만났더니 확실히 신중해졌다'라는 의견이 꽤 있었어요. 저 역시 결정사로 만났다면 소개팅에 임하는 비장함이 달랐을 것 같아요. 가격표에서 0을 뗐더니 마음가짐까지 가벼워졌거든요. 한편 '다 거기서 거기다', '차라리 가성비 좋은 앱이 낫다'라는 의견도 있었습니다. 제가 보기엔 어떤 장점을 취하느냐의 차이입니다.

그럼 가장 큰 차이는 무엇일까요? 주선자의 유무라고 생각합니다. 솔로로서 소개팅 무대를 프리랜서로 활동하느냐, 소속사를 두느냐를 놓고 취향껏 선택하는 거죠.

앱은 프리랜서의 영역이라 활동의 자유가 보장되었습니다. 한 번 내려받아 가입만 해놓으면 제가 원하는 시기에 원하는 만큼 소개팅할 수 있었어요. 컨디션에 따라 온·오프와 속도를 조절할 수 있었습니다. 하지만 원치 않는 비수기도 있고, 만남을 정상 범위 안에서 관리하기 어려웠습니다. 예를 들어 소개팅 상대가 약속 장소에 나타나지 않거나 연락하다가 갑자기 잠수를 타는 등 황당한 사건을 경험할지 모릅니다.

결정사는 가입비, 활동비 등 수수료를 떼 줘야 하는 대신 매니저의 관리하에 일정하게 활동할 수 있습니다. 만날 사람을 스스로 찾아야 하는 앱보다 편리합니다. 무엇보다 프로필을 만들어 주는데요. 전문가의 손길을 거친 프로필은 확실히 다릅니다. 이성의 시선에서 매력적인 사진을 골라 주고, 장점이라고 생각하지 못했던 부분도 보기 좋은 말로 다듬어 줍니다. '집, 회사, 집, 회사 생활을 반복한다'가 '루틴이 있는 성실한 직장인'으로 변신합니다. 한편 결정사를 이용한 또 다른 지인은 매니저에 따라 만남의 질이 달라졌다고 합니다. 주먹구구식으로 주선 횟수만 채우는 매니저를 만나면 돈과 시간을 낭비하게 된다고 해요.

데이팅 앱 vs 결정사 비교표

	데이팅 앱	결정사
비용	⇩	⇧
접근성	⇧	⇩
신뢰도	⇩	⇧
성비	불균형	균형
개인정보 노출	⇧	⇩
매칭 횟수	무한	유한
활동 자율성	⇧	⇩
매칭률	⇩	⇧
주선자	×	○

데이팅 앱과 결정사의 그러데이션

요즘은 데이팅 앱과 결정사의 경계도 허물어지고 있습니다. 어떤 앱은 가입부터 까다롭고 프로필 정보를 기준으로 적당한 이성을 한 명씩 추천해 줍니다. 패스하고 다음 이성을 소개받을 때마다 비용이 발생해서 선택에 신중해집니다. 매칭되면 중간에서 약속 날짜와 장소를 조정해 주기도 합니다. 만날 때까지 서로 연락처는 비공개고 일방적인 약속 취소나 노쇼 상황에 벌금을 부과합니다. 만남 이후 피드백을 받아 평판 및 실물 일치도 데이터가 쌓입니다. 매칭 시스템이 결정사와 거의 비슷합니다.

데이팅 앱이 결정사의 인스턴트 버전이라는 말이 많은데, 몇몇 앱은 결정사의 밀키트 버전까지도 되지 않을까 싶었습니다. 저는 여러 고민 끝에 결정사를 최후의 보루로 남겨 놓고 데이팅 앱을 선택했습니다.

다만추 시대에서
앱만추

염려 받고 환기 진행 시켜

데이팅 앱이라고 하면 무엇이 떠오르나요? 가벼운 만남? 이상한 사람? 19금? 아무튼 점잖지 못한 이미지입니다. 꺼림칙하고 음침해서 몰래 해야 할 것 같습니다.

얼마 전 회식 자리에서 교장 선생님께서 말씀하셨어요.
"젊은 사람들 얼른 연애하세요. 요즘 휴대폰으로도 만나던데 뭐라도 시작하세요."
동료 선생님이 조용히 한마디 하셨습니다.

"앱으로 만나는 건 좀 그렇지 않나?"

'조금 그렇다', 데이팅 앱을 향한 시선에 이보다 더 적절한 표현은 없는 것 같습니다. 조금과 그렇다 사이에는 '위험하다', '가볍다' 혹은 '더럽다'가 생략되어 있습니다. 보통 사람들의 선입견은 크게 3가지입니다.

❶ 이상한 목적으로 이용하는 사람이 많을 것이다.
❷ 진지한 만남은 어려울 것이다.
❸ 주변 사람에게 말하기 부끄럽다.

그래서 데이팅 앱은 좀 그렇다는 결론입니다.

남에게 피해 주지 말고 구태여 도움받지 않는 개인주의 사회에서 데이팅 앱은 새로운 만남 형태로 떠오르고 있습니다. 앱을 통한 소개팅과 연애 그리고 결혼까지 진실한 만남 사례는 꾸준히 증가합니다. 데이팅 앱은 고성장을 이루어 일상 가까이에 있는데 우리의 인식은 여전히 과거에 머물러 있습니다.

데이팅 앱을 카페라고 생각하면 어떤가요? 부모님 세대의 연애 시절만 해도 카페는 거의 없었고, 데이트할 때 밖에서 캔 커피를 먹거나 집에서 커피 믹스를 먹었다고 합니다. 특정 공간에서 커피를 즐기는 것은 후식보다는 다방이나 살롱에 가까웠습니다. 하지만 현재 밥을 먹고 자연스럽게 향하는 곳이 카페입니다. 카페를 즐기는 것이 식문화가 되었고 카페 종류도 다양합니다.

데이팅 앱도 다음 세대에게 그런 맥락이 아닐까요? 첫 시작이 원나잇, 성매매 이미지에 묶여 소비되었지만, 이제는 만남 자체에 초점을 맞춰 활용되고 있습니다. SNS 계정과 연동되어 취향이 비슷한 이용자를 연결해 주는 플랫폼으로 분화했습니다. 새로운 만남 문화로 스며들고 있습니다.

내 손 안의 소개팅, 앱개팅

시대가 변했고 사람이 변했고 만남의 형태도 달라지고 있습니다. 자만추에서 인만추로, 소개팅 서비스는 수요에 따라 끊임없이 업그레이드 됩니다. 그야말로 다양하게 만남을 추구하는 다만추 시대입니다.

그중 데이팅 앱은 PC 데이팅 사이트가 모바일로 옮겨지며 시작했습니다. 탄생 역사가 내 손 안의 인터넷, 스마트폰과 비슷합니다. 우리가 익히 알고 있는 데이팅 앱 틴더는 2012년에 시작했는데, 10년이 지난 현재 셀 수 없이 많은 데이팅 앱들이 폰 안에서 움직이고 있습니다. 지금은 언제 어디서든 사람을 소개받을 수 있는 방구석 소개팅의 시대입니다.

앱 시장은 전 세계적으로 빠르게 성장했어요. 2020년 소비자 지출 1위 앱은 유튜브도 넷플릭스도 아닌 데이팅 앱이었죠. 2022년 관련 소비액이 자그마치 59억 달러, 우리 돈으로 7조 6천억 원에 달했습니다. 국내 상황도 다르지 않습니다. 2019년, 2020년 비게임 분야 소비자 지출 앱 10위 안에 데이팅 앱이 들어 있습니다.

그런데 말입니다, 데이팅 앱이 인기라면 분명 주변에서 누군가는 사용하고 있을 텐데 왜 내 주변에 한 명도 없을까요?

여전히 불건전한 목적으로 이용하는 이용자도 있기 때문입니다. 여기서 불건전한 목적이란 진지한 척 접근하지만 가벼운 잠자리 상대를 찾는 경우입니다. 사랑으로 포장하고 돈을 요구하는 로맨스 캠 사기, 대놓고 성을 사고파는 것도 포함합니다. 포털 사이트 검색창에 데이팅 앱을 검색하면 연관 검색어로 음침한 단어가 붙는 것도 이 일부 사람들 때문입니다.

해당 이슈는 데이팅 앱 전체 이미지를 오염시킵니다. 호기심에 '한번 해 볼까?' 하던 사람도 가입을 주저할 수밖에요. 이성을 만날 마땅한 방법은 없는데 데이팅 앱을 시작하자니 본인이 음

흉한 짓을 하는 기분이 들죠. 우리 주변에 데이팅 앱을 이용하는 사람이 없는 이유는 불건전한 사람으로 낙인찍힐까 봐 건전하게 이용하더라도 쉬쉬하기 때문일 겁니다.

용기 내어 저의 데이팅 앱 활용기를 공유합니다. 1년 동안 접속한 결과 '데이팅 앱이 최고'라는 건 아닙니다. '데이팅 앱도 이성을 만나는 하나의 방법'이라고 생각합니다. 저는 휴대폰을 힐끔거리며 소개팅 애프터를 기다리기보다 소개팅 앱부터 가입했습니다. 제게 지난 1년은 가만히 인연을 기다릴 수 없는 서른 병의 나날이었고 데이팅 앱이 적절했습니다.

하지만 기껏 손가락 터치 몇 번으로 매칭되어 진지하게 만날 수 있을지, 이성 앞에 쉽게 돈을 쓰는 인간의 심리를 악용하는 곳은 아닌지 거부감부터 들 수 있습니다. 앱이든 결정사든 소개팅 서비스 자체가, 우리가 솔로로 남아 있을수록 돈을 버는 구조잖아요. 진심으로 주선해 주는 지인 소개팅과 다릅니다. 그렇기 때문에 매칭보다 과금 유도에 혈안이 된 앱을 잘 피해야 합니다.

벌써 머리 아프고 귀찮은 건 아니겠죠? 우리는 연애하고 싶다면서, 좋은 사람 만나는 것이 얼마나 중요한지 알면서, 왜 그만큼 에너지를 투자하지 않을까요? 건강한 몸도 가까운 헬스장부터 등록하고 매일 운동해야 좋은 몸이 나옵니다. 연애도 효율적인 루트를 뚫고 노력해야 결과가 생기지 않을까요?

이제부터는 여러 만남 중 경제적 부담이 적고 접근하기 쉽고 기회가 무한한 데이팅 앱을 살펴보겠습니다. 앱을 해도 될지 말지가 아니라, 어떤 앱을 어떻게 활용하면 좋을지 생각해 볼 차례입니다. 앱 생태계를 파헤치기 위해 앱을 금기시하는 분위기에서 벗어나 수면 위로 올려 놓아봅시다.

이런 사람에게 추천해요

구분	내용	체크
1	부모님 결혼 잔소리에 알아서 하겠다 했지만, 마땅한 대책 없는 사람	
2	자연스럽게 만나겠지 하다가 1~2년 시간만 흐른 사람	
3	〈나는 솔로〉를 시청하며 '나도 솔로'라고 생각한 사람	
4	내가 매력이 없나, 기회가 없지! 집-회사 무한루트 속에 사는 사람	
5	결혼정보회사까지 가입할 용기와 자본이 없는 사람	
6	아무리 동호회에 나가 봐도 별 소득 없는 사람	
7	주변에서 들어오는 소개팅마저 끊긴 사람	
8	주변 사람 모르게 조용히 소개팅하고 싶은 사람	
9	지인에게 소개받은 이성이 썩 마음에 들지 않는 사람	
10	데이트가 뭐예요? 먹는 건가요? 연애 세포를 심폐소생 시키고 싶은 사람	

MATCH ♥2
왓츠 인 데이팅 앱

데이팅 앱, 그것이 알고 싶다

데이팅 앱이란

이제 막 군대를 제대하고 연애하고 싶다는 후배에게 좋은 사람은 모르겠고 좋은 데이팅 앱을 추천해 주겠다고 말했습니다. 후배가 가벼운 건 싫대요. "그럼 결정사는 어때?"라고 했더니 그건 또 무거워서 싫다네요. '가볍다'는 좋게 말하면 부담 없다는 뜻, '무겁다'도 좋게 말하면 진지하다는 뜻입니다. 어느 장단에 맞춰야 할지 모르겠지만, 데이팅 앱 안에도 선택지가 많다고 설명했습니다. 만남의 무게에 따라 선택의 범위가 넓었어요.

그럼 데이팅 앱의 기본값은 어느 수준에 설정해야 좋을까요? 데이팅 앱의 대명사 틴더를 살펴보겠습니다. 틴더의 슬로건은 취향이 맞는 남사친, 여사친을 찾는 것입니다. '오늘 저녁 홍대에서 곱창 먹을 사람?'이란 글을 올리면 현재 홍대에 있는 사람 중 곱창 당기는 사람을 연결해 주는 SNS입니다.

인스타그램과 다르지 않습니다. '나 이거 좋아하는데, 나랑 이거 이야기하면서 놀 사람? 우선 메시지부터 주고받다가 티키타카 맞으면 만나도 좋아' 정도의 가벼움입니다. 만나서 연인이 되는 것은 이용자의 몫이고, 틴더의 역할은 취향이 비슷한 사람을 연결해 주는 것까지입니다.

틴더는 다소 가볍지만 분명 남녀를 연결해 주는 데이팅 앱입니다. 그렇다고 남녀가 만날 수 있는 모든 앱을 데이팅 앱이라 말하면 범위가 무한히 확장됩니다. 직장인 취미 동아리 앱까지 데이팅 앱이라 할 수는 없으니까요.

본 도서에서의 데이팅 앱 정의

첫째, 앱 안에 이용자 프로필이 있고
둘째, 상호 호감 표현으로 매칭되어
셋째, 오프라인에서 만날 수 있는 앱

※ 단순 채팅만 하는 앱 제외

사랑 vs 섹스 vs SNS

사람들이 데이팅 앱을 이용하는 이유는 무엇일까요? 심리학자들은 다음과 같이 말합니다.

Sumter의 틴더 사용 동기

사용 동기	설명
사랑	장기적으로 헌신적인 관계를 찾기 위함
성	신체적 욕구를 충족하기 위함
의사소통	온라인으로 쉽게 소통하기 위함
재미	재미와 흥분을 경험하기 위함
자기 가치 검증	외모에 대한 긍정적 피드백을 받기 위함
트렌드	트렌드를 따라가기 위함

출처 Sumter(2017)

Orosz et al.의 틴더 사용 동기

사용 동기	설명
사랑	장기적이고 헌신적인 관계를 찾기 위함
성	일회적인 성적 욕망을 추구하기 위함
재미	지루함을 해소하기 위함
자존감 향상	활동하며 자존감을 향상시키기 위함

출처 Orosz(2018)

여기서 동기를 크게 사랑, 캐쥬얼 섹스, SNS 소통으로 묶어 보겠습니다. 데이팅 앱은 캐쥬얼 섹스 즉 19금 이미지로 시작했고, 2015년 즈음부터 사랑 즉 커플 매칭 서비스를 제공하는 데이팅 앱이 대거 등장했습니다. 현재까지도 이용자 가입 문턱을 낮추느냐 높이느냐의 차이를 두고 일반 서비스와 프리미엄 서비스로 양극화되어 성장하는 추세입니다. 근래에는 SNS 바탕으로 취향이 맞는 친구를 찾아 주는 앱이 떠오르고 있죠.

누군가 정반합의 원리를 짬짜면이라 비유하던데, 앱을 통한 만남의 무게도 가벼웠다가 무거웠다가 중간을 찾는 모습입니다.

데이팅 앱 시장 흐름도

한편 하나의 데이팅 앱을 3가지 중 하나로 분류하기는 어렵습니다. 데이팅 앱의 분위기는 수요에 따라 시시각각 변신합니

다. 장기간 뚜렷한 정체성을 갖는 앱이 많지 않습니다. SNS 기반으로 친구를 찾아 주는 앱이었다가 로맨스를 지향하는 앱으로, 로맨스를 좇다가 캐주얼 섹스까지 얹어가는 경우도 많습니다.

무엇보다 특정 앱을 이용하는 몇만 이용자를 일반화할 수 없습니다. 틴더만 보더라도 앱을 통해 결혼한 지인이 있고, 내부 콘텐츠는 커피 좋아하는 사람, 고양이 키우는 사람 등 소통 기능이 활성화되어 있습니다. 일부 이용자는 FWB(Friend With Benefit), ONS(One Night Stand) 표시로 하룻밤 잠자리 상대를 찾기도 합니다.

그래도 데이팅 앱이 어떤 이용자에 집중해 움직이는지에 따라 주기능을 3가지로 나눠 비교할 수 있을 텐데요, 우리는 무엇을 보고 해당 앱의 스타일을 파악할 수 있을까요?

로맨스에 집중한 앱은 내부 콘텐츠가 매칭 활동에 집중되어 있습니다. 이용자의 연애, 결혼 후기가 게시된 경우도 많고요. 유튜브 채널을 운영하는 앱은 커플 인터뷰 영상도 볼 수 있습니다. 특히 결혼 적령기 남녀를 대상으로 한 앱은 신분이나 스펙을 까다롭게 인증합니다. 고급화 전략을 펼쳐서 20대 겨냥 앱이 '그냥 짜장'이라면 30대 이후 앱은 '삼선짜장'과 같은 느낌이 많습니다.

가벼운 만남을 추구하는 앱은 이용자 프로필부터 가볍습니다. 구체적 신상 정보가 없고 소개 글엔 은어가 많아 단번에 이해하기 어렵습니다. 그리고 글보단 사진으로 어필하죠. 성적 매력을 드러내는 노출 사진이 많습니다.

　　SNS 활동에 주력한 앱은 연애보다 동네 친구 찾기 슬로건으로 광고합니다. 이용자 프로필이 인스타그램, 페이스북과 연동되고 타 SNS처럼 피드를 올려 댓글로 소통합니다. 개인 방송과 랜덤 채팅도 가능해요. 그 과정에서 매칭은 덤입니다.

　　본 도서는 간절하게 인연을 찾는 솔로를 독자로 예상하고 데이팅 앱을 커플 매칭에 집중한 매체로 한정하겠습니다.

이상한
19금 앱 아닌가요?

위험한 만남 가능성

사랑, 섹스, SNS 중 데이팅 앱에 연상되는 이미지는 무엇인가요? 두 번째 목적 '원나잇'입니다. 친구에게 데이팅 앱을 한다고 말하면 여성의 경우 "그거 남자들이 한 번 자려고 만나는 거 아냐? 위험한 사람 많을 것 같아"라는 말을 듣습니다. 남성도 "그거 여자들이 돈 뜯어내려고 하는 거 아냐? 꽃뱀 많을 것 같아. 잘못하면 장기 털린다"라는 소리를 듣습니다. 걱정하는 시나리오는 대충 이렇습니다.

첫 번째 시나리오

남자가 여자에게 호감 메시지를 보낸다 ⇨ 여자의 외모를 칭찬하고 달콤한 말로 현혹한다 ⇨ 온라인 대화지만 관계는 깊어진다 ⇨ 첫 만남에 여자는 진지한 관계를 확신한다 ⇨ 마음을 열고 스킨십한다 ⇨ 다음 날 남자의 연락이 끊긴다

두 번째 시나리오

말도 안 되게 예쁜 여자가 보통의 남성에게 호감 메시지를 보낸다 ⇨ 여자는 남자의 이야기를 들어주고 다정하게 관심을 표현한다 ⇨ 만나지 않고 계속 온라인으로만 친분을 쌓는다 ⇨ 어느 순간 각종 이유로 돈을 빌린다 ⇨ 계속 빌린다 ⇨ 여자의 연락이 끊긴다

　　남녀가 바뀐 상황도 가능합니다. 데이팅 앱 관련 사건 사고는 진화하며 누적되었습니다. 2022년 기준 3년간 대법원 판결문을 분석하면 데이팅 앱에서 발생한 범죄 1위가 성범죄, 2위는 사기입니다. 이런 상황에서 내가 시나리오 주인공이 될까 걱정하는 것은 당연합니다.

　　그러나 이상한 사람은 온오프라인을 가리지 않습니다. 〈소개팅 앱에서 만난 여성 폭행한 20대 男〉 말고도 〈여자친구 폭행

한 30대 男〉 기사도 있죠. 사람은 어디서 만나는지보다 누구를 만나는지가 중요합니다. 앱을 통한 만남이라고 모두 사건, 사고가 되는 건 아닙니다.

　　그래도 온라인 공간에서 사람을 찾는다면 배로 신중해야 하는 건 맞습니다. 중간에 겹치는 지인이 없으므로 멀쩡한 사람도 나쁜 마음을 먹을 수 있기 때문입니다. 저는 그간 앱을 이용하며 경찰에 신고할 만한 일은 없었습니다. 운이 좋았을 수 있지만, 위험한 만남을 거르는 나름의 규칙이 있었습니다. 생판 모르는 사람을 프로필만 보고 만나야 하는 상황에서 할 수 있는 것은 최선을 다해 거르고 또 거르는 것이었습니다.

위험한 만남 거르기

　　데이팅 앱에 처음 발을 들였을 때, 가장 핫해 보이는 앱에 덜컥 가입했다가 불쾌한 사진 폭격을 받았습니다. 가입 전 광고부터 후기까지 꼼꼼히 읽어 봤어야 했는데 그땐 뭘 몰랐죠. 가만 보면 19금 향이 짙은 앱은 티가 났습니다. 아이콘이 대체로 빨갛고 불타오르는 느낌에 이름은 직관적이고 자극적이었습니다. '내 주변 자취하는 여자, 남자 찾기'와 같은 문구로 광고하는 앱도 냄새가 나죠? 그 후 몇 초 만에 가입할 수 있고 불필요한 노출 사진이 많은 앱을 피했습니다.

그러나 연애 목적의 앱에도 다양한 사람이 있었어요. 제 경험상 가벼운 사람은 대체로 자기소개도 가벼웠습니다. 소개란을 꼼꼼히 채운 사람일수록 만남에 진지한 경우가 많았습니다. 잠깐 일할 아르바이트 자리와 오래 일하고 싶은 회사에 넣는 이력서의 무게는 다르잖아요. '안녕하세요', '잘 부탁드립니다' 등 열 글자도 안 적은 사람보다 본인이 어떤 사람이고, 어떤 이성을 찾고 있는지 꼼꼼히 적은 사람을 눈여겨보았습니다. 종종 아이디부터 야한 동영상 제목 같은 프로필도 있었는데, 보이는 즉시 차단했습니다.

매칭하면 굳이 채팅으로 친해지지 않고 되도록 빨리 만났습니다. 온라인에선 거리를 뒀어요. 우리가 찾는 이성은 온라인 친구가 아니잖아요. 만나지도 않은 사람이 부모님 병원비를 빌린다고요? 만나러 오는 길에 갑자기 카드 거래가 막혔다고요? 그런 사기는 기사로밖에 못 봤지만, 상식 수준에서 생각하면 피할 수 있을 것 같습니다. 또한 그런 부류의 사기꾼들은 연예인급 사진을 도용합니다. 그 정도 사람이 먼저 접근하면 의심해야 정상입니다. 만남은 미루면서 채팅으로 가까워지려 한다면 거의 확실합니다.

그리고 천천히 가까워졌습니다. 속도에 욕심내지 않았어요. 앱이 처음이라 첫 만남에 위험한 일을 당할까 걱정된다면 낮에 오픈된 공간에서 만나 보면 어떨까요? 저는 채팅 말고 만나서 대화해 봐야 안전한 사람인지 확인할 수 있었습니다. 이때 사람 보는 눈은 개인의 역량입니다. 저는 경험이 쌓이면서 이상한 사람에 대한 관찰력과 판단력이 생겼습니다. 역량이 부족했을 땐 시간을 더했어요. 안심될 때까지 충분히요. 천천히 알아가고 조금씩 가까워졌습니다. 육체적 거리도 마찬가지입니다.

사람들 신상

확실해요?

온오프라인 이중 체크

데이팅 앱은 폰만 있으면 누구나 접속할 수 있습니다. 일부 앱은 성인인증조차 하지 않고 이용자가 입력한 대로 프로필을 만들어 줍니다. 몇 살인지, 어디 사는지, 무슨 일을 하는지 심지어 성별까지 프로필을 성형할 수 있죠. 30대 여자인 제가 50대 남자로 활동할 수 있다는 이야기입니다. 사람들 신상 과연 확실할까요?

결혼정보회사 온라인 버전으로 불리는 몇몇 앱은 근거 자료를 받아 회원들의 신상을 점검합니다. 덕분에 그런 앱을 쓰면 온라인에서 한 번 체크할 수 있습니다. 성별과 나이는 신분증과 휴대폰 번호로, 미혼 여부는 최근 혼인 관계 증명서로, 직장은 재직 증명서와 사업자등록증으로, 학력은 졸업증명서와 학위증으로 확인합니다.

저는 소속을 가린 공무원증을 제출했다가 확실한 소속을 인증하라는 메시지를 받았습니다. 귀찮으면서도 AI가 아닌 사람이 맨눈으로 확인하는구나 싶어서 오히려 신뢰가 갔습니다. 다음의 표에 신상 인증 절차가 있는 데이팅 앱을 정리했습니다. 범죄 이력을 볼 수 있도록 가입 전 신원 조회 기능이 추가되었으면 좋겠는데, 해당 서비스는 개발 중이라고 하네요.

신상 인증하는 데이팅 앱

본인	미혼	직장	학력	데이팅 앱
V	V	V	V	골드스푼, 미분양, 숨짝, 스카이피플, 썸데이, 여보야, 은하수 다방 등
V		V	V	다이아매치, 바닐라 브릿지, 블라인드 데이트, 위피, 탑피플, 튤립, 팰리스 등

하지만 이 과정이 필수인 앱은 많지 않았습니다. 대부분 이용자의 선택 사항이었죠. 확실한 신분을 어필하고 싶은 사람만 인증하는 시스템입니다. 여기서 데이팅 앱 한계가 드러납니다.

중간 지인도 없으니 온라인에서 오프라인으로 넘어가 직접 알아
봐야 합니다.

저는 앱으로 사람을 만나면 기본 신상부터 확인했습니다. 한
두 번 만나 대충 친해졌다고 어물쩍 믿고 넘어가지 않았습니다.
명함을 받고 SNS 계정도 들어가 보았어요. 알아가는 단계에서
자칫하면 결례가 될 수 있으니 제가 먼저 시원하게 오픈했어요.

"저는 ○○학교 몇 학년 몇 반 담임이에요."

본인의 레스토랑을 운영하는 친구는 매칭남을 초대하여 식
사를 대접하거나, 매칭남 회사 근처에서 저녁 약속을 잡고 퇴근
을 기다리는 식으로 서로의 신분을 확인했다고 합니다. 이 과정
이 오버스럽고 어색해도 신뢰를 바탕으로 관계를 시작하려면 필
요합니다. 초반에 자주 연락하며 일상 패턴을 알려 주는 것도 좋
은 방법이라 생각합니다.

내 신상 관리는 확실해요?

2022년 어느 데이팅 앱 이용자들의 개인정보가 유출되는
사건이 있었습니다. 해당 앱은 민감한 정보를 수집하면서 안전
한 시스템을 마련하지 않았고, 탈퇴한 이용자의 개인정보도 제
때 파기하지 않았습니다. 이러한 사건은 '그런 앱들이 원래 다

그렇지' 하고 데이팅 앱에 대한 불신을 키웁니다. 이에 대해 타 앱은 내부 개인정보 처리 방식을 상세히 공개하며 해당 사건이 일반화되지 않도록 노력했습니다. 그러나 전반적 이미지를 희석하기에 역부족입니다.

저도 앱을 쓰면서부터 결혼정보회사 광고 문자는 물론이고 서울중앙지방검찰청 사이버 수사대 전화도 받아 보았습니다. 물증은 없지만, 심증은 있는 상황이랄까요. 신상을 인증하려고 제출했던 개인정보가 제대로 관리되고 있는지 의문이었습니다. 또한 아이폰의 경우 데이팅 앱 모바일 화면을 캡처할 수 있습니다. 캡처 시 위험 경고가 뜨지만 이를 무시하면 여러 프로필 정보가 가까운 지인 안에서 공유될 수 있죠.

데이팅 앱이 현 세대보다 다음 세대에서 빛을 발할 것으로 생각하는 이유는 개인정보 관리부터 신상을 속이는 회원까지 아직 개선해야 할 문제가 빨간불로 남아 있기 때문입니다. 그래도 긍정적인 건 데이팅 앱이 이용자의 반응에 민감하고 변화가 빠른 트렌디한 앱이라는 점입니다. 한 마디로 고여 있지 않습니다. 앱을 통한 만남이 사회적 양지로 올라와 작은 문제까지 주목받고, 이용자들이 끊임없이 서비스 개선을 요구하면 앱 자체적으로 경각심을 가지고 시스템을 정비할 수 있을 거라 기대해 봅니다.

한편, 데이팅 앱에서 아는 사람을 만날 확률은 얼마나 될까요? 상상해 보겠습니다. 만약 앱에서 직장동료를 소개받는다면? 내 프로필이 전 남친에게 전달된다면? 앱에 노출한 정보는 모르는 사람보다 아는 사람에게 전달되는 상황이 더 두려울 것 같습니다.

　다행히 데이팅 앱에는 지인 차단 기능이 있었습니다. 휴대폰에 저장된 사람이라면 설사 같은 앱을 쓰더라도 프로필 카드가 공유되지 않습니다. 같은 직장, 같은 대학 사람은 물론이고 특정 집단도 피할 수 있습니다. 전 애인이 속한 집단이 ○○대학교, ○○회사일 때 해당 집단 이성을 빼고 소개받는 겁니다. 크리스천 전용 데이팅 앱은 같은 교회에 다니는 이용자도 제외할 수 있습니다.

　그럼에도 제 경험에 따르면 앱에서 아는 사람을 만날 확률이 초록불은 아닙니다. 구체적인 이유는 '별별 일 다이소'에서 공개합니다.

별별 일 다이소

5위. 양파 같은 남자

저는 데이팅 앱 두 개를 동시에 이용했습니다. 어느 날 A 앱에서 호감 메시지가 왔어요. 프로필을 확인하고 제 스타일이 아니라 맞호감을 보내지 않았습니다. 며칠 뒤 B 앱에서 호감 메시지가 왔습니다.

"A에서 저 까셨는데 여기서도 까실 건가요?"

4위. 매칭남은 이 안에 있다

데이팅 앱에서 GPS 기능을 켜면 현재 위치를 중심으로 원을 그리면서 일정 거리 안에 있는 이용자를 추천해 줍니다. 한번은 카페에서 앱을 켰는데, 어떤 남자가 10m로 뜨더라고요. 순간 움찔했습니다. 친구에게 프로필을 보여 주며 이 사람 여기 있냐고 물어봤어요. 그가 프사기(프로필 사진+사기의 줄임말로 프로필 사진과 실물이 다른 경우 쓰는 말입니다)였는지 찾을 수는 없었습니다.

3위. 어디서 많이 본 얼굴 I

어느 소개팅이었습니다. 그는 본인이 키우는 강아지 사진을 보여 줬어요. 강아지를 안고 있는 여자를 보고 뜨악했습니다. '친구야, 네가 왜 거기서 나와…' 그는 제 친구의 오빠였습니다. 일단 모른 척했고 몇 년 동안 저만 알고 있었는데요, 얼마 전 친구 결혼식에서 그를 보았습니다. 그도 그날 '네가 왜 거기서 나와…' 했겠죠? 매칭남, 괜찮아요? 많이 놀랐죠?

2위. 어디서 많이 본 얼굴 II

한번은 소개팅남에게 "제 지인과 정말 닮으셨네요"라고 말했는데 아뿔싸… 그럴 수밖에 없었죠. 그는 다름 아닌 옆 반 선생님의 동생이었습니다.

지인에게도 비슷한 일이 있었습니다. 그녀는 2년 차 고등학교 교사로 앱에서 어디서 많이 본 얼굴을 발견했습니다. 맞습니다. 학생입니다. 교생 실습 때 가르쳤던 학생이 성인이 되어 매칭 카드로 온 겁니다. 놀란 그녀는 그 후 연하 프로필이 오지 않도록 설정했답니다.

1위. 너는 내 운명

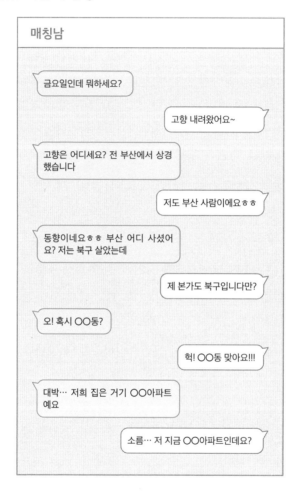

매칭남

금요일인데 뭐하세요?

고향 내려왔어요~

고향은 어디세요? 전 부산에서 상경
했습니다

저도 부산 사람이에요ㅎㅎ

동향이네요ㅎㅎ 부산 어디 사셨어
요? 저는 북구 살았는데

제 본가도 북구입니다만?

오! 혹시 ○○동?

헉! ○○동 맞아요!!!

대박… 저희 집은 거기 ○○아파트
예요

소름… 저 지금 ○○아파트인데요?

얼마 전 엄마께서 "101동 아들 만나볼래? 서울에서 일한대. 고향 사람 만나면 명절에 한 번에 내려오고 좋지"라고 하셨는데 그 아들이 매칭남이었습니다. 데이팅 앱에서 만난 남자가 고향 오빠라니! 우리는 ○○동 ○○아파트 사람만 알 수 있는 이야기를 하며 반가워했어요.

그가 다음 날 내려와 저희는 동네에서 만났습니다. 잠시 운명인가 착각했지만, 운명이 그리 쉽게 찾아올 리 있나요. 인연이 되지 못했습니다. 명절에 편하긴 글렀고요. 괜히 동네 오빠와 소개팅해서 명절 때마다 불편합니다. 마트 갈 때도 멀리 돌아가고 101동 근처엔 얼씬도 못하고 있습니다.

누구를
어떻게 소개받죠?

박보검 말고 막보검 정도

친구가 소개팅 운을 띄우며 어떤 스타일을 좋아하냐고 물었
습니다.

"나이는 5살까지 괜찮고 키는 이 정도? 기본적으로 자기 관
리는 좀 하는 사람이었으면 좋겠어. 그리고 주당은 싫은데 아예
못 먹는 건 더 싫어. 종교는 나한테 강요만 안 하면 상관없고 대
신 취미가 비슷했으면 좋겠어. 너 주변에 운동 좋아하는 사람은
없어? 아! 집 가까운 것도 중요해. 또 직업은"

친구는 눈빛으로 말하고 있습니다.

"그러니까 네가 혼자지. 쭉 혼자 살아라."

그러기 싫어서 데이팅 앱 돌리고 있지 않습니까. 앱에선 소개받을 이성의 조건을 미리 설정할 수 있었습니다. 원하는 나이와 지역의 범위를 세팅하고 키, 체형, 종교, 흡연과 음주 여부까지 정해 놨어요. 그럼 50~80% 정도 얼추 비슷한 프로필을 받았습니다. 나훈아 말고 너훈아 그런 느낌이요.

그렇다면 다른 두 사람이 같은 조건을 설정해 놓으면 같은 카드를 받을 수 있을까요? 대외적으로 이상형 조건을 고려한 랜덤 매칭이라는데 내부 규칙이 더 있을 것 같습니다. 분명한 건 매력적인 이성에게 매력적인 카드가 간다는 사실입니다. 우리가 소개팅을 주선할 때 비슷한 사람끼리 소개해 주는 것과 비슷하죠. 매력을 어떻게 측정하냐고요?

앱에는 인기 성적표 같은 매력 수치가 있었습니다. 이성이 주는 별점에 따라 제 매력도가 오르락내리락했습니다. 지인은 새해가 밝자마자 매력도가 떨어졌다고 속상해하더라고요. 같은 프로필에 나이만 +1 되었을 뿐인데 바로 깎인 거죠. 하지만 실제로 사람을 소개받을 때 나이는 무시 못할 요소잖아요. 데이팅 앱 세계는 가차 없이 냉정했고, 오차 없이 정확했습니다.

대표적인 매칭 방법은 카드 매칭입니다. 가입한 날부터 매일 1~10개씩 이성 카드가 도착했어요. 카드 개수는 앱에 따라 달랐고 지역에 따라서도 달랐죠. 수도권 이용자가 많은지 저는 항상 10개 이상씩 받았는데, 전라도에 사는 친구는 3개씩 받다가 충청도 사람 카드까지 넓어졌다고 해요.

아무튼 카드를 받으면 마음에 드는 이성에게 호감을 표현하고 상대의 맞호감을 기다렸습니다. 또는 선호감을 받고 맞호감을 보내기도 했죠. 호감을 주고받으면 매칭이에요. 대화창이 열리거나 휴대폰 번호가 공개되었습니다.

저는 쇼핑할 때 충동 구매하지 않으려고 바로 안 사고 다음 날까지 고민하는 버릇이 있어요. 계속 생각나면 그때 삽니다. 앱에서 괜찮은 카드를 발견해도 다음 날까지 호감을 보낼지 말지 고민했습니다. 그러던 중 호감 알림이 울리고, 고민했던 사람의 카드면 기분이 배로 좋았습니다. 그 카드가 아니면 호감을 받고도 아쉬웠어요.

이런 일도 있었어요. 카드를 보고 바로 호감을 보냈습니다. 쇼핑할 때도 입자마자 '내 옷이다' 싶은 옷 있잖아요. 딱 그런 카드였어요. 그런데 자꾸 오류라 뜨면서 데이팅 앱에서 튕기는 거예요. 3번이나 튕겼어요. 계속 시도한 끝에 호감 전달에 성공했는데 동시에 호감 알림이 울렸습니다. 맞호감 말고 선호감이요. 그 사람과 제가 3번이나 같은 순간 서로에게 호감을 보낸 거죠.

　토너먼트 방식을 활용한 앱도 있었습니다. 2명, 4명, 8명, 16명 짝수로 이성 카드를 받고 이상형 월드컵 방식으로 1등을 골라요. 서로를 1위로 뽑으면 매칭됩니다. 나름 치열해서 매칭하는 재미가 있었어요. 올라가는 과정에서 라이벌 동성까지 확인할 수 있었고, 제가 올라가면 짜릿했지만 떨어지면 잔인했습니다. 승부의 세계란 원래 그런 것 아니겠어요?

　전체 이성을 한 번에 모아 보는 앱도 있었어요. 인터넷 쇼핑할 때 상품을 신상품 순, 인기순으로 정렬하는 것과 비슷합니다. 그곳에선 이성 카드를 취향에 따라 줄 세울 수 있었습니다. 예를 들면 취미에 운동이라 적은 사람 중 거주지가 가까운 순으로 검색하면 프로필이 쫙 나왔죠. 상단부터 프로필을 확인했습니다. 이상형 찾기가 수월해서 이용자 연령대가 높은 앱에서 주로 쓰는 방식 같습니다. 옛날 〈가요톱텐〉처럼 인기도 Top 100 프로필도 올라왔습니다.

　마지막으로 커플 매니저 주선 방식입니다. 가입하면 담당 매니저로부터 연락이 오는데요, 신기했던 건 우리가 앱을 지하철, 버스, 회사에서 이용할 수 있다는 점을 고려했는지 대화창

디자인이 모두가 자주 이용하는 메신저와 상당히 비슷하다는 점입니다.

저는 매니저에게 좋아하는 스타일을 구구절절 설명했어요. 아무리 나이, 키, 음주, 종교, 취미, 거주지까지 까다롭게 읊어도, 열심히 찾아 주었습니다. 주선비가 포함되어 매칭 비용이 높은 편입니다. 제가 이용해 본 앱은 1회 비용이 5~10만 원 사이였어요.

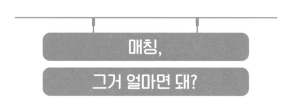

매칭,

그거 얼마면 돼?

50만 원 영수증 털기

    제 인생 최대 착각은 소개팅 몇 번 만에 남자친구가 생길 줄 알았다는 겁니다. 저는 1년간 데이팅 앱을 벗어나지 못했고, 50만 원 이상 결제했습니다. 저만큼 많이 결제한 사람은 또 없을 것 같아요.

    데이팅 앱은 맨입으로 쓸 수도 있지만, 웃돈을 얹으면 더 신나게 활동할 수 있었어요. 피자에 토핑 추가하듯 종교가 같은 사람, 운동 좋아하는 사람, 매력 지수가 상위권인 사람 등 조건을 더해 카드를 확인했습니다. 그뿐만 아니라 그곳에선 제가 좋아할 만한 회원, 저를 좋아할 만한 회원을 추천해 줬고, 추가 프로필을 받을 때마다 돈이 들었습니다.

그러다 매력적인 카드를 발견했습니다. 내가 그의 이상형에 얼마나 부합하는지 궁금하겠죠? 27% 나오네요. 굳이 호감을 보낼 필요도 없을 것 같아요. 이처럼 돈을 내면 상대의 데이터를 살 수 있었습니다. 현재까지 활동 결과를 분석한 보고서도 받아 볼 수 있었어요. 제 눈높이가 높은지 낮은지 적정 수준인지 알려 주고, 현재 프로필에서 마이너스 요소를 체크한 뒤 예시 수정 프로필까지 보내 줍니다.

반대로 제 카드를 더 보여 주고 싶을 때도 돈이 들었습니다. 일명 부스터 기능으로 제 프로필이 평소보다 많은 이성에게 전달됩니다. 특정 집단을 설정해서 예를 들면 궁합도 안 본다는 4살 차이 이성들에게 저를 알리는 전단지를 뿌릴 수 있습니다.

또한 카드 매칭 외에도 다양한 이벤트가 열렸습니다. 예를 들어 궁합 테스트, 3:3 미팅, 파티 등 콘텐츠에 참여할 때 참가비가 필요했어요. 오락실에서 놀다 보면 주머니가 가벼워지는 것처럼 여기서도 이것저것 누르면 자잘하게 캐시가 차감되었습니다.

가장 큰 지출은 호감 표현 비용입니다. 앞서 말한 비용이 동전이면 호감권은 지폐입니다. 상대도 돈을 들여 맞호감을 보내야 연결되는데요, 만약 특별한 마음을 표현하고 싶을 땐 슈퍼 호감권을 살 수 있습니다. 상대가 나와 무료로 매칭되도록 그 돈까지 내주는 겁니다. 제 경험상 비용은 2배지만 매칭률은 그 이상입니다.

호감권 1회 비용은 대략 만 원 미만입니다. 일부 앱에선 하루, 열흘, 월, 무제한 호감권을 구매할 수 있습니다. 저도 처음에는 하나씩 샀다가 생각보다 매칭이 어렵고 매력적인 카드도 많아서 기간 이용권을 결제했습니다. 헬스장처럼 기간을 길게 설정할수록 가격이 저렴했어요.

과금에 현타가 올지라도

'이렇게 돈까지 쓰면서 사람을 만나야 하나?'라고 생각하면 현타가 옵니다. 저도 캐시 충전한 지 얼마 안 된 것 같은데 또 충전해야 할 때 돈이 아까웠어요. 기껏 결제해서 호감을 보냈는데 깜깜무소식이면 그 돈은 그냥 날아갔습니다. 처음 가입할 땐 어차피 한 명만 찾으면 되고, 한 번에 오천 원 정도라 생각해서 아깝지 않았는데 그 돈은 반복적으로 들었습니다. 한 명을 찾을 때까지 오천 원은 계속 버려야 하는 돈이었어요. 매칭되어도 몇 마디만 주고받다 흐지부지 끝나는 일도 있었습니다. 이때 앱에 환불받을 수 있는 것도 아니었어요. 호감권은 말 그대로 호감을 표현하는 비용이지 맞호감이 와야 매칭되었고, 매칭에 성공해도 만남까지 보장해 주지 않았습니다.

데이팅 앱은 사람이 아니라 사람을 만날 기회를 사는 것이었어요. 그래서 복비라 생각했습니다. 부동산에 가서 "사장님, 저 집 보러 왔어요. 최소 몇 평 이상, 지하철역이랑 가깝고, 층간소음은 없었으면 해요. 그런 집 있으면 볼 수 있을까요?" 의뢰하는 것과 비슷합니다. 비자발적 솔로는 365일 모든 날이 외롭지만 계절이 바뀔 때, 결혼식이 많은 5월과 10월, 명절 전후, 연말 연초 등 외로움이 극대화되는 시즌이 있습니다. 소위 소개팅 성수기라고 하는데, 저는 결혼에 조바심 날 때마다 매칭하고 소개팅하며 연애에 가까워질 수 있었습니다.

실제로 무료로 쓸 수 있는 데이팅 앱도 많았습니다. 사람마다 성향 차이가 있을 텐데, 저는 처음부터 돈을 쓰면서 사람을 만나야겠다고 생각했습니다. 진지하게 호감을 주고받고 싶었기 때문입니다. 무료 수강보다 돈 내고 다니는 학원을 성실하게 다니는 것과 같은 맥락입니다.

그럼 캐시만 두둑하면 다 될까요? 데이팅 앱에서 돈을 쓸수록 매력적인 기회가 생기는 건 맞습니다. 하지만 누르면 짝이 나오는 자판기 수준은 아닙니다. 부동산도 매물을 연결만 해 주지, 거래는 당사자끼리 여러 가지가 맞아야 하잖아요. 앱도 소개만 해 줄 뿐 매칭은 별도입니다.

그래서 돈뿐 아니라 감정까지 쓰였습니다. 용기 내어 호감을 보냈다고 상상해 봅시다. 종일 휴대폰을 확인하며 맞호감을 기다립니다. 다음 날까지 반응이 없으면 씁쓸하죠. 온라인 매칭에 성공해도 오프라인에서 만났을 때 동시에 마음에 드는 경우는 드뭅니다. 내가 좋아하는 사람이 나를 좋아하는 것은 어려운 일이니까요. 1억을 가진 사람이 1억 5천짜리 집을 원하고, 1억 5천을 가진 사람은 2억짜리 집을 탐내는 것과 비슷합니다.

머리는 '나를 좋아할 만한 사람에게만 호감을 보내'라고 말하는데 마음은 달랐어요. 견물생심이라 매력적인 카드를 보면 욕심났습니다. 그 사람 마음은 살 수 없어도 표현할 기회는 살 수 있으니까요. 앱을 할수록 눈이 높아졌고, 매칭과 만남에 실패할수록 감정이 소모되었습니다. 데이팅 앱은 기회가 많은 만큼 돈과 감정도 많이 쓰이는 공간입니다. 저는 그곳에 돈보다 마음을 더 쓴 것 같습니다.

별별 앱 다이소

종교인 겨냥 앱

특정 종교인을 위한 데이팅 앱
입니다. 프로필에 종교적 항목을
추가하고 이곳에선 신앙심도 어필
요소가 됩니다. 현재 다니는 교회

크리스천 데이트   크리스천 소개팅

를 인증하고 신앙 계기, 교회에서 맡은 역할, 평생의 기도 제목,
좋아하는 성경 말씀과 찬양 등을 적습니다. 성격도 베드로(외향
적), 바울(결단력 있음), 아브라함(평화주의), 모세(섬세함)에서 선택할 수
있습니다. 충전한 캐시는 '달란트'란 이름으로 쓰입니다.

중년층 겨냥 앱

보통 데이팅 앱을 젊은 세대의 것으로 생각하지만 사랑에 나이가 있나요, 중년층을 겨냥한 앱도 많습니다. 특히 '여보야'는 단

여보야   은하수 다방

순 소개팅보다 초혼부터 재혼까지 결혼을 중매하는 앱입니다. 이용자 연령층이 30~80대까지 다양해요. 중매란 타이틀에 걸맞게 프로필에 형제 관계, 몇남몇녀 중 몇째인지, 고향, 건강 상태를 비롯하여 부모님이 모두 살아 계신지, 이혼 또는 사별한 지 얼마나 되었는지, 이혼 절차는 깔끔히 마무리되었는지, 구체적인 자녀 소개 및 양육 상황, 언제 재혼할 계획인지, 재혼 후 자녀 계획까지 상세히 기재합니다. 결혼지원금, 출산지원금과 같은 이벤트도 진행하고, 2023년 4월 기준 성혼 후기가 26,000개를 넘습니다.

결정사도 일반 결정사와 프리미엄 결정사로 나뉘듯, 데이팅 앱도 일반 앱과 프리미엄 앱으로 갈립니다. 영화 〈엽기적인 그녀

골드스푼   스카이피플

(2001)〉에서 전지현이 주민등록증을 보여 주며 클럽에 들어가는 장면 기억하나요? 프리미엄 앱도 배지를 받아야 입장할 수 있습니다. 이용자가 직업, 학력, 자산, 집안 등 스펙 관련 서류를 제출하면 자체 기준을 통과했을 때 배지를 줍니다. 클럽이 수질 관리 차원에서 입장을 제한할수록 분위기가 핫해지듯 프리미엄 앱도 배지 인증 기준이 까다로울수록 더 프리미엄 앱이 됩니다.

저는 도대체 얼마나 대단하길래 아무나 가입할 수 없다고 하는지 궁금했어요. 공무원증을 제출하여 직업 배지를 달고 입장했습니다. 사실 공무원증, 대학 졸업증명서를 제출하고 직업 배지, 명문대 배지 2개를 요청했지만, 후자는 반려 당했습니다. 자존심이 상했지만 어떤 사람이 모여 있을지 궁금했죠.

가입 첫날, 고3 시절로 돌아간 것 같았습니다. 고교 시절에 내신 등급제를 겪었어요. 성적이 석차 백분위에 따라 1등급에서 9등급까지 상대 평가되었죠. 당시 친구들과 "우리가 우유도 아

닌데 왜 등급에 목을 매야 해?"라고 욕하면서도 1등급을 유지하기 위해 노력했습니다.

　프리미엄 앱 세계도 마찬가지였어요. 배지는 프로필 한가운데에 붙었습니다. 마치 명품 한우, 한돈 마크처럼요. 그곳에서 배지는 제 수준을 알려 주는 나침판이 되었고, 배지를 통해 상대적인 위치를 체감할 수 있었습니다. 내신 등급제는 싫어도 1등급으로 갈 수 있는 대학을 꿈꿨던 것처럼 배지 기준표를 보고 경악했지만, 한편으로 이곳을 기대하게 되었습니다.

별별 매칭 다이소

365일 24시간 파티

여러분에게 매일 10장씩 이성의 프로필 카드가 온다고 생각해 보세요. 열 개면 충분하다고 생각하나요? 그러나 원하는 카드가 없으면 백 장도 쓸모없습니다. 풍요 속 빈곤을 경험하게 됩니다.

앱에서 얼른 짝을 찾고 싶을 때 모든 이성에게 내 카드를 공개하고 '혹시 저 마음에 드는 사람 있나요?' 묻는 일명 파티를 올릴 수 있습니다. 누구나 호스트가 될 수 있어요. 호스트가 초대장을 올리면 게스트들이 들어오는데 입장 자체가 호감 표현입니다. 호스트는 호감을 한꺼번에 받고 마음에 드는 게스트를 골라 맞호감을 보냅니다. 쉽게 말해 1:다(多) 매칭이에요.

대전 사는 30대 후반 여자입니다. 얼른 좋은 사람 만나서 앱 지우고 싶은 마음에 파티까지 올려봅니다.

저는 여기 분들처럼 엄청난 스펙은 아닙니다. 비교적 흙수저지만 곧 단단하게 구워질 도자기 수저라고 생각해 주세요. 불구덩이같이 험한 세상 함께할 인연을 찾습니다.
상대의 직업과 학벌은 보지 않습니다. 긍정적이고 생활력 강한 분이면 좋겠어요. 외적으로는 마른 분보다 적당히 건강한 체형에 끌립니다.

나이는 찼지만 서둘러 결혼하고 싶진 않고 죽고 못 사는 사랑으로 시작하고 싶습니다. 같은 마음이신 분만 제 파티에 참여해 주세요.

현생에서 겸손한데 오늘 하루만 자기 PR하겠습니다.

외국계 대기업 다니고, 33살처럼 보이는 38살 남자입니다. 키 182cm에 어깨가 넓은 편입니다. 최근 소개팅에서 현빈 닮았다는 말 연속 3번 들었습니다. 솔직히 옷은 못 입는데 대신 입으라는 대로 입을게요.
결혼 전제로 만나실 분만 파티 참여해 주세요. 참고로 저희 집은 제사 없고 종교 없고 명절은 그냥 연휴입니다.

1:1이 부담되면 모임은 어때?

모임은 성비를 맞춰 만나는 다(多):다(多) 매칭입니다. 맛집, 영화, 골프, 볼링, 재테크 공부 등 한 마디로 테마가 있는 미팅입니다. 모임장의 맞호감에 따라 회원이 결정됩니다.

파티 초대장 예시

맛집 모임	골프 모임
「먹키타카 맞는 사람 찾습니다」	「취미가 비슷해야 오래갑니다」
5월 13일(토) 오후 6:00 제주 ○○양대창 3:3	6월 18일(일) 오후 3:00 경기도 ○○스크린 골프장 2:2
제가 돌싱이라 돌싱 분만 신청해 주세요. 맛있는 거 먹으면서 좋은 인연 만들어 봐요.	골프 좋아하시는 분들 참여해 주세요. 비용은 1/n입니다.

기승전 매칭(feat. 게시판)

데이팅 앱은 매칭의, 매칭에 의한, 매칭을 위한 공간입니다. 내부 게시판엔 연애 상담부터 이직 고민까지 다양한 주제로 글이 올라옵니다. 익명성에 기대어 자유롭게 대화하다가도 매칭

될 수 있습니다. 어떻게 매칭될까요?

A가 B에게 프로필을 보냅니다. B는 A의 프로필을 확인하고 마음에 들면 자신의 프로필도 보냅니다. 호감까지 교환하면 매칭됩니다.

게시판 매칭 예시

결혼 전에 글 쓰러 잠깐 재가입했습니다.
게시판에서 댓글로 놀다가 개그 코드가 통하길래
매칭하고 저녁 먹었는데 오프라인에서 더 재밌더라고요.
그게 계기가 되어 쭉 만나다가 내년 초에 식장 잡았습니다.
댓글로 만나 가벼울까 걱정했는데 결혼까지 하네요. 다들 파이팅!

A   축하드려요. 도대체 내 남편은 어디에…
B   내 와이프는 어디에…
A   몇 살이세요? 저는 35
B   저는 38. 우리 프로필부터 교환해 볼까요?
A   좋아요.

성향부터 맞춰 보기, 싱크로율 테스트

누구나 출제자가 되어 테스트를 올릴 수 있습니다. 예시 문항에서 몇 문제를 선택하면 됩니다. 이때 문제만 봐도 출제자의 성향이 보입니다. 정치에 관심 많은 사람은 시사, 돈이 중요한 사람은 경제, 만남이 급한 사람은 연애 문제로 테스트를 채우거든요. 이성이 문제를 풀 때마다 출제자와 답안 일치율이 공개됩니다. 모든 답이 같을 때만 서로 프로필을 볼 수 있는 콘텐츠도 있습니다.

저도 테스트를 출제했는데 평균 답안 일치율이 절반 이하였어요. 열 문제에서 모든 답이 엇나간 응시자도 수두룩했습니다. 군계일학으로 도플갱어를 발견했지만, 우리가 잘 맞은 비결은 따로 있었지 뭡니까. 그는 문제를 끝까지 읽고 출제자의 의도를 파악한 뒤 제가 선택했을 법한 답을 찍었다고 했습니다. 대화해 보니 통하는 점이 전혀 없었고 좋은 인연이 되지 못했습니다.

연애할 때 연락 스타일은 어떤가요?

❶ 최대한 자주

❷ 뭐 하는지 정도만 공유

❸ 만나서 잘하면 되지, 연락 뜸해도 오케이!

결혼하고 양가 부모님과 어떻게 지내고 싶나요?

❶ 네 가족을 내 가족처럼

❷ 어버이날, 명절 정도만 챙기기

❸ 각자 가족은 각자 알아서

MATCH ♥3
겟 레디 위드 미

퍼스널

앱 진단

데이팅 앱 춘추전국시대

앱 스토어에 소개팅 세 글자를 검색해 보세요. 데이팅 앱이
끝이 안 보일 정도로 많습니다. 실제로 200개가 넘고 그야말로
데이팅 앱 춘추 전국 시대입니다. 앱마다 컨셉, 시그니처 기능,
이용자 평균 나이, 매칭 방식, 비용이 제각각입니다. 여러분이라
면 어떤 앱을 선택할 것인가요?

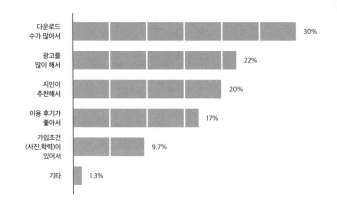

데이팅 앱 관련 설문 조사

- ◆ **조사 대상** 온라인 데이팅 서비스 이용 경험이 있는 남녀 300명
- ◆ **조사 주제** 이용한 서비스를 선택한 이유
- ◆ **조사 결과**

항목	비율
다운로드 수가 많아서	30%
광고를 많이 해서	22%
지인이 추천해서	20%
이용 후기가 좋아서	17%
가입조건 (사진,학력)이 있어서	9.7%
기타	1.3%

출처 ㈜엠브레인퍼블릭

대부분은 다수가 이용하거나 어디서 한 번 들어본 앱을 선택합니다. 보편적 선택도 나쁘지 않지만, 나에게 어울리는 앱을 고르면 더 좋겠죠? 퍼스널 데이팅 앱 고르는 순서입니다. 부동산에 집을 구하러 갔다고 생각해 봅시다.

먼저 앱을 이용하려는 목적을 확정하세요. 부동산에서도 가장 먼저 물어보는 것이 매매, 전세, 월세입니다. 이 집에 어느 정도 머물고 싶은지요. 가입 목적이 진지한 연애와 결혼인지, 확실한 만남은 아직 부담스럽고 동네 친구나 취향을 공유하는 사이부터 시작하고 싶은지, 처음부터 아예 가벼운 마음인지에 따라 적당한 앱이 달라집니다.

조건도 정하세요. 부동산 사장님께서 어떤 집을 원하는지 물었을 때 그냥 좋은 집이라고 대답하면 될까요? 소개팅을 주선할 때 가장 어려운 경우가 이상형 조건이 없는 사람입니다. 착하고 성실한 사람? 그런 말하는 사람치고 정작 소개해 주면 만족하는 사람, 못 봤습니다. 두루두루 괜찮은 사람이 좋다고요? 그럼 그 중에서도 우선순위를 정하세요. 외모, 스펙, 종교 등 명확한 조건이 있어야 합니다. 나도 내 마음을 모르면서 마음에 드는 집을 구해달라고 할 수 없습니다.

둘째, 목적과 조건에 따라 몇 개 가입해 보세요. 저의 경우 목적이 연애보단 결혼에 가까웠고, 조건은 확실한 신분과 어느 정도의 스펙이었습니다. 검색 창에 '30대 데이팅 앱', '스펙 인증 데이팅 앱'을 검색했더니 당연히 광고부터 나왔어요. 그러나 광고에서도 해당 앱의 콘셉트 정도는 알 수 있었습니다. 가입할 만한 앱을 찾는 과정은 발품이 필요했습니다. 이어지는 105쪽의 '데이팅 앱 한 줄 소개'를 참고해도 좋습니다. 저는 사용자 후기를 꼼꼼히 걸러 읽으며 필요한 정보를 활용했고, 저에게 적당한 앱 5개를 골라 가입했습니다.

셋째, 분위기만 살펴보세요. 집도 직접 방문해 봐야 제대로 알 수 있잖아요. 앱도 가입해 보니 모바일 화면 가시성부터 이용자 수준, 매칭 방법과 비용, 회원 관리 규정, 오락 요소 등이 제각각이었습니다. 앱 활성도도 중요한 요소였습니다. '나 말고 접속자가 더 있을까?' 싶을 만큼 죽은 앱도 있었습니다. 1~2주일 매칭 활동 없이 분위기만 살펴보았고, 굳이 프로필을 정성껏 작성하지 않았습니다.

넷째, 한두 개로 최종 선택합니다. 전 웬만하면 5개를 모두 이용할 생각이었습니다. 동시에 여러 창구를 돌리는 것이 효율적이라 생각했어요. 실제로 앱 이용자 중 한 개만 하는 사람보다 여러 개를 쓰는 사람이 더 많습니다. 그래서인지 한 앱에서 봤던 이성을 다른 앱에서 보는 경우가 비일비재했습니다.

역으로 생각해 볼까요? 한두 개만 이용해도 그들을 다 만날 수 있습니다. 저는 다섯 개 중 유독 두 개의 앱에 손이 갔고 나머지는 탈퇴했습니다. 그 두 개도 처음엔 다 썼지만, 나중엔 귀찮아서 하나만 이용했어요.

마지막으로 잘 활용하면 됩니다. 저는 집을 계약하고 이사했을 당시 예쁜 인테리어를 찾아 이것저것 시도해 보며 집 꾸미기에 푹 빠졌습니다. 앱에서도 프로필을 정성껏 꾸몄어요. 여자 프로필은 볼 수 없어서 남자들 프로필을 보며 매력적인 부분을 제식으로 바꿔 따라 했죠. 그리고 그곳의 매칭 기회를 적극적으로 활용했습니다.

데이팅 앱 한 줄 소개

골드스푼   이름 그대로 금수저 앱

스펙 중 재력이 주가 되는 데이팅 앱입니다. 평
균 가입 합격률은 30%

글램   인만추 공간에서 자만추 찾기

피드를 올리고 댓글로 소통하다 가까워지면
자연스럽게 매칭합니다.

꽃보다 소개팅   이상형 월드컵

서로의 16강에서 준결승, 결승까지 올라가는
서바이벌 앱으로 1등인 이성끼리 매칭됩니다.

당연시   온라인 놀이공원

당연시그램, 3:3 미팅, 동네에서 썸타기 등 즐
길 거리가 많아서 접속하면 시간이 순삭됩니다.

바닐라 브릿지　커플 매니저 상주

매니저를 통해 이성을 소개받습니다. 좋은 매
니저를 만나는 것도 중요합니다.

블러리　실루엣 소개팅

처음엔 프로필 사진이 모자이크 처리되어 있
어요. 대화를 나눌 때마다 사진이 2%씩 선명해집
니다.

블릿　직장인 커뮤니티 '블라인드'가 만든 앱

비교적 따끈한 신상 데이팅 앱입니다. 특정 회
사의 이성을 골라 소개받을 수 있어요.

스카이피플　스카이캐슬

학벌과 직장 기준 고스펙 이용자가 많습니다.
조건을 상향한 '스카이피플 블랙'을 개발 중이라고
하네요.

아만다 아무나 만나지 않는다, 아만다!

회원 가입 시 가입자들에게 외모 평가를 받고
5점 만점에 3점 미만이면 가입할 수 없는 앱으로
이슈였습니다. 현재 3점 불합격 제도는 없어졌습니다.

여보야 소개팅보다 결혼 중매 앱

MBTI와 비슷한 YMTI, 여보야 결혼 유형 검사
가 있습니다. 배우자로서 나의 유형, 나와 어울리
는 유형을 알려 줍니다.

울림 돌싱의 재혼을 위한 앱

커뮤니티가 활성화되어 있어요. 초혼 시 놓친
부분, 재혼 배우자의 조건 등 공통 주제로 허심탄
회한 대화를 주고받을 수 있습니다.

위피 애인보다 친구 찾기

비슷한 관심사의 이용자를 동성, 이성 상관없
이 연결해 줍니다.

정오의 데이트　솔로들의 놀이터

목소리 소개팅, 텔레파시 게임, 첫인상 투표 등 솔로를 위한 엔터테인먼트입니다.

튤립　마음이 통하는 사람 찾기

프로필에 가치관 관련 질의응답이 50여 가지 정도 되고, 가치관이 비슷한 사람끼리 주선됩니다.

틴더　다운로드 수 5억 회가 넘는 글로벌 앱

프로필이 마음에 들면 오른쪽, 별로면 왼쪽으로 넘깁니다. 서로를 오른쪽으로 쓸면 매칭 완료!

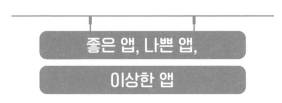

좋은 앱, 나쁜 앱, 이상한 앱

매칭 비용, 무료보다 유료

무료부터 몇만 원까지 여러 데이팅 앱을 써 보았습니다. 무료 매칭 앱에서는 공수표가 남발되었어요. 매칭되어도 연락하지 않거나 오프라인 만남으로 이어지기 어려웠죠. 그렇다고 비쌀수록 매칭이 잘 되었느냐, 그것도 아니었습니다. 1회 매칭이 몇만 원씩 하는 앱은 오히려 이용자 풀이 적었습니다. 적당한 비용은 크게 부담되지 않으면서 만나 볼 만한 사람인지 고민할 수 있는 가격입니다.

여러분은 커피 한 잔에 얼마까지 지출할 수 있나요? 저는 오천 원에서 만 원이라 생각하는데, 커피 맛도 중요하고 어떤 카페에서 마시는지도 중요합니다. 여러분이 데이팅 앱을 시작한다면 '이 정도 수준의 앱에서 이 정도 금액이면 괜찮다'라는 적정선을 정하고 그 범위 안에 있는 앱을 활용하면 좋을 것 같습니다.

회원 관리, 외모보다 매너

앱에 가입한 날 상견례 프리패스상 남자가 떴습니다. 앱에서 그런 사람을 금방 만나겠단 기대감이 부풀었어요. 그러나 당근 카드를 하나 쥐여 주고 채찍 카드들이 쏟아졌습니다. 아무래도 그는 웰컴 카드 같아요. 탈퇴했다가 재가입하자 또 그가 떴습니다. 휴면했다가 풀어도 그가 떴죠.

유튜브에 데이팅 앱을 검색해 보니 아르바이트 에피소드가 많았습니다. 앱에서 수질 관리 차원에서 잘 생기고 예쁜 사람을 고용한다고 하더라고요. 그들은 프로필만 올려놓고 실제로 활동하지는 않는 겁니다. 그래도 실존하는 사람이면 낫습니다. 이용자를 로봇으로 대체한 이슈도 있었습니다.

일부 앱은 비슷한 사건에 적극적으로 대처합니다. '우리 앱은 아르바이트 회원이 없으며 있을 시 법적인 책임을 지겠다'라는 문구를 넣어 공증합니다. 공증한 앱은 생각보다 많지 않습니다. 가입 전 적어도 그런 문구가 있는 앱인지 확인해 보세요. 공증 문구는 프로필 하단이나 공지 사항에 있습니다.

유령 회원도 주의해야 합니다. 유령 회원이란 가입해 놓고 접속하지 않는 잠수 회원입니다. 탈퇴 절차 없이 모바일 화면에서만 지운 경우도 해당합니다. 하필 나에게 유령 카드가 떠서 호감을 보내는 상황을 상상해 보세요. 돈도 마음도 아깝습니다.

유령들을 방치하는 앱이 있지만 별도로 관리하는 앱도 많습니다. 예를 들면 이용자가 2주간 접속하지 않으면 자동으로 휴면 처리합니다. 저는 유령 회원 관리가 철저한 앱을 찾아 선택했습니다. 회원 관리 지침은 공지 사항에 나와 있습니다.

마지막으로 비매너 회원입니다. 이건 별표 다섯 개를 치고 강조해도 지나치지 않습니다. 데이팅 앱은 평판에 신경 쓸 필요가 없어서 기본 매너조차 지키지 않는 경우가 있는데요. 제 경험입니다. 그는 소개팅 도중 화장실에 갔고 영영 돌아오지 않았습니다. 10분이 지났을 땐 화장실이 밀렸나 보다 생각했고, 20분이 지났을 땐 느낌이 싸했는데, 30분이 지나 전화해 보니 이미 차단당한 후였어요. 둘이 들어간 레스토랑을 혼자 결제하고 나왔습니다. 괘씸해서 당근 마켓의 매너 온도처럼 만남 후 피드백을 남기고 싶다고 생각했어요.

한번은 만나기 두 시간 전부터 10분 간격으로 제 상황을 확인하는 연락을 받았습니다. "출발했냐?", "어디쯤이냐?", "도착했냐?" 등이요. 만나서 왜 그렇게 채근했는지 물어봤더니 그는 소개팅 당일 심지어 10분 전에 갑자기 연락이 끊기는 일이 쌓여서 트라우마가 생겼다고 말했습니다. 이건 인성의 문제인데, 앱을 통한 만남엔 주선자가 없으니 깨도 되는 약속이라 여기고 멀리서 실물을 보고 별로면 도망가는 일도 있으리라 생각합니다.

　이런 일들을 방지하기 위해 실제로 몇 가지 보완 장치가 도입되고 있습니다. 매칭 후 별점으로 매너 피드백을 남기면 평균 점수가 떨어진 이용자는 페널티를 받습니다. 비매너 회원을 신고할 수도 있는데요, 그들은 불량회원 처리 게시판에 죄목과 함께 박제됩니다. 예를 들면 '(스테이크 좋아)님이 (소개팅 식사 도중 실종)되어 (영구 추방)되었다'처럼요. 마땅한 이유 없이 당일에 약속을 깨는 행위도 1회 시 경고, 2회 시 이용 정지와 같이 처리됩니다.

　앱개팅에서 마음 상하는 일은 은근히 많았고, 아무런 대처를 할 수 없으면 억울했습니다. 저는 데이팅 앱을 고를 때 문제를 신고할 수 있고 후속 조치가 확실한 앱인지 확인했습니다.

데이팅 앱 커뮤니티는 소수 이용자만 적극적으로 활동하는 공간입니다. 대부분 들어가지 않거나 눈으로만 봅니다. 그럼에도 앱의 전반적인 분위기를 살필 때 고려할 만한 요소입니다. 익명은 배설을 만들고 관리가 부실한 커뮤니티는 동물의 왕국이 따로 없기 때문입니다. 상처받기 딱 좋습니다.

저는 커뮤니티까지 신경 써서 가입하지 못했는데 나중에 게시글들을 보고 식겁했어요. 출처 없는 연애 등급표에 따라 남자는 여자, 여자는 남자를 원색적인 표현으로 공격했고, 은어를 남발하며 특정 직업군을 비하하더라고요. 괜히 읽었다가 자존감이 쪼그라들었죠. 자주 노출되면 동화될지도 모르겠습니다.

반면 연애와 결혼 후기가 가득하고 '소개팅에서 호감을 느낀 순간', '정중하게 애프터 제안 거절하는 방법' 등을 공유하는 건강한 앱도 많습니다. 그런 앱에 소개팅 실패 후기를 남기면 곧 좋은 사람 만날 거라는 따뜻한 위로부터 따끔한 현실 조언까지 댓글이 줄줄이 달립니다. 여러분은 24시간 모니터링 서비스를 제공하고 서로를 응원하는 긍정적 분위기가 형성된 앱을 선택하세요. 제대로 관리되지 않는 커뮤니티라면 차라리 없는 앱이 낫습니다.

상처받을
용기와 배짱

물은 1급수

저는 프리미엄 데이팅 앱을 이용했습니다. 동그라미 3개짜리 벤 다이어그램을 그렸다고 생각해 보겠습니다. 각 동그라미에 직업, 재력, 외모를 넣으면 이용자는 모두 동그라미 안에 있었습니다.

어떤 앱은 공중보건 의사협회, 치과의사협회, 한의사 협회와 제휴하여 관련 전문직 종사자가 활동했습니다. 소개팅남이 말하길, 협회 홈페이지에 데이팅 앱 배너가 있고 가입 시 소정의 활동 지원 비용이 나온다고 합니다.

재력가 회원도 많았습니다. 30대 중후반 프로필에 개인 자산 5억 이상이어야 받을 수 있는 고액 자산 배지는 흔했습니다. 소개팅남은 다 빚이라 설명했어요. 4억 대출받아 5억짜리 매물을 샀을 때도 배지를 받을 수 있는 거래요. 하지만 20억 이상일 때 받을 수 있는 초고액 자산 배지는 이야기가 다릅니다. 대부분 금수저 집안 배지가 있을 때 그 배지도 있었죠. 가만 보면 금수저 집안, 초고액 자산, 슈퍼카 배지는 3종 세트였습니다. 어쨌든 은행이나 부모님 덕에 경제적으로 부족하지 않은 이용자가 많았습니다.

한번은 소개팅남과 휴대폰을 바꿔 카드를 구경했습니다. 둘다 동성 카드가 궁금했기 때문이죠. 제가 보기에 여자들이 하나같이 연예인급이었어요. 여러 카드 중 제 카드는 나연, 정연, 모모, 사나, 지효, 미나, 다현, 채영, 쯔위 그리고 저 같은 느낌이었습니다.

물살은 항해 주의

물이 1급수면 물살이 거칠었습니다. 매력적인 이성이 많을수록 매력적인 동성도 많으니까요. 저는 앱 이용 초기만 해도 저를 매력적인 이성이라 자부했어요. 한마디로 자신 있었죠. 그러나 데이팅 앱에서 반년을 살아 보니 저의 장점보다 단점이 보였습니다. 배지도 달랑 하나고 직업, 자산, 외모 중 하나라도 확실하게 속할 구역이 없었어요. 혹독한 앱 생태계에서 제 위치는 벤 다이어그램 밖일지도 모르겠습니다.

어릴 때 좋아하는 남자아이와 시소를 탔던 기억이 나네요. 그 아이는 저랑 놀다가 좋아하는 여자아이가 나타나자 말도 없이 내렸고, 저는 엉덩방아를 쿵 찧었어요. 데이팅 앱에서도 서로 프로필 카드를 올려놓았습니다. 누가 더 가졌는지, 프로필의 무게에 따라 관계의 시소가 기울었어요. 제 카드가 가벼워 올라가면 상대는 미련 없이 하차했습니다. 앱에 널린 것이 묵직한 카드니까요.

프리미엄 앱이 아니라도 데이팅 앱 이용자는 선택지가 많은 탓에 눈이 높아집니다. 여러분의 눈도 높아질 거예요. 내가 호감을 보냈는데 맞호감이 오지 않는 상황? 바다에 파도치듯 흔할 겁니다.

여러분은 지금쯤 '만나지도 않은 사람에게 퇴짜 맞을 각오까지 하면서 데이팅 앱을 써야 하나?' 하고 고민할 것 같습니다. 만약 운명을 믿거나 은은하게 매력을 어필하는 스타일이면 자만추가 적합합니다. 그런 상황이 못되어 데이팅 앱을 고려한다면 출렁이는 파도에 올라타야 하지 않을까요?

저는 10명을 만났는데 내가 10명에게 퇴짜를 놓은 상황이 오히려 시간 낭비라 생각했습니다. 9명에게 거절당해도 내가 원하는 1명을 잘 만나는 편이 나았습니다. 물이 좋다면 거친 물살 감당해야죠. 물에 빠질 준비도 해야 했어요.

맞호감이 오지 않아도 가볍게 넘겼습니다. 프로필은 상대 평가지, 절대 평가는 오프라인 만남이잖아요. 거절에 절반만 슬퍼했어요. 그리고 거절 경험이 쌓이자 굳은살도 금방 생겼습니다. 저는 치이고 또 치여도 벤 다이어그램 언저리를 꿋꿋하게 지켰어요. 엉덩이 쿠션 두둑하게 깔고 매일 시소에 탑승했죠. 가만히 있으면 상처는 안 받지만 아무 일도 일어나지 않으니까요.

네, 맞습니다. 퇴짜 맞을 마음의 준비를 해야 한다는 말을 길게 했습니다. 무한히 호감을 주고받는 데이팅 앱을 이용하려면 거절당할 용기는 필수입니다. 마음에 짱짱한 에어백을 준비해주세요.

117

프로필,

반만 믿고 반은 거르세요

예선은 프로필에서

저는 소개팅에 실패할 때마다 친구에게 물었습니다.

"솔직히 말해 봐. 나 매력 없어?"

착한 친구는 이렇게 말해 줬어요.

"네가 무슨 매력이 없냐, 사람들이 보는 눈이 없지."

그러나 데이팅 앱에는 보는 눈이 많았습니다. 이성들의 평가, 매칭 성공과 실패 데이터로 제가 상위 몇 퍼센트인지 알려 줬어요. '아만다'는 인기 수준에 따라 이용자를 브론즈, 실버, 골드, 블랙으로 나누고 어울리는 이성 등급까지 안내합니다. '정오의 데이트'는 내 프로필을 열람한 이성이 호감을 표현할 확률을 빼도 박도 못하게 숫자로 알려 주죠. 데이팅 앱을 할수록 자기 객관화가 되는 이유는 '매력 지수'라는 팩폭 때문입니다. 주기적 업데이트로 쉴 새 없이 주제 파악을 시켜 주었습니다.

매력 지수는 괄호 치고 매칭률입니다. 매칭이 잘 되려면 매력을 보여 줘야 했습니다. 그런데 앱에서 매력을 어필할 기회는 프로필밖에 없습니다. 이곳은 프로필 하나만으로 만날지 말지 고스톱을 결정하는 곳이고, 예선에 올라야 본선이 있습니다. 치열한 예선 경쟁에 양심 없는 프로필도 많았고, 프로필은 사실 전달보단 유혹적으로 던지는 미끼에 가까웠습니다.

120쪽에서는 상대의 프로필을 볼 때, 이어지는 126쪽에서는 프로필을 작성할 때의 자세를 이야기해 보겠습니다. 앱에 따라 프로필 그러니까 예선 항목이 달랐는데요, 성별과 나이만 입력해도 매칭할 수 있는 앱이 있고, 항목이 많아 이틀에 나눠 입력한 앱도 있었습니다. 예선 항목을 크게 외모, 신분, 성향, 스펙 네 가지로 나눠 살펴봅시다.

저는 프로필 속 사진을 통해 그가 어떻게 생긴 사람인지 대충 확인했습니다. 사진은 셀카부터 전신 샷까지 다양했어요. 제가 올린 장수만큼 상대의 사진도 볼 수 있어서 평소에 사진을 잘 찍지 않는 사람은 사진 고르는 작업이 어려울 것 같습니다. 과한 필터를 쓴 사진은 반려되었습니다. 앱 카메라만 고집했던 친구는 필터를 옅게 하는 게 관건이라 했습니다.

애초에 사진을 100% 믿지 않지만, 특히 두 가지 상황을 조심해야 했습니다. 첫 번째, 도용 사진입니다. 친구는 매칭되면 구글 이미지 검색으로 1차 신원 확인부터 하더라고요. SNS에서 자신과 애매하게 닮은 인플루언서 사진을 가져와 본인 사진과 섞어 올리는 사람도 봤습니다.

두 번째, 프사기꾼입니다. '프로필 사진 + 사기꾼'의 줄임말로 이건 지인 소개팅에서도 빈번했어요. 심지어 사진과 실물 사이에 강산이 변한 사람도 있었습니다. 그는 아무렇지 않은 표정으로 10년 전 사진이라 말했습니다. 세월을 숨길 수 없거니와 성의 없다는 생각까지 들었죠. 그 후로 화질이 깨진 사진은 걸렀습니다.

데이팅 앱은 관련 문제를 막고자 나름의 인증 기술을 적용합니다. 어떤 앱은 본인이 올린 사진과 앱 내부 캠으로 찍은 사진이 일치하면 실물 인증 배지를 줍니다. 생(生) 카메라를 통해 찍은 사진만 올라가거나 셀카 영상을 추가해야 하는 앱도 있습니다. 또는 지나친 프사기도 비매너 항목에 포함되어, 사진과 실물이 다르다는 신고가 누적되면 매칭 서비스가 정지됩니다.

프사기만큼 키사기와 살사기도 많았습니다. 프로필 키 170cm 소개팅남을 7cm 힐을 신고 만났더니 그의 정수리가 훤히 보였습니다. 저는 분명 163cm인데 도대체 무슨 일이죠? 어떤 소개팅남은 근육형 체형에 체크되어 있었는데 지방형이었어요. 만나기 1시간 전 메시지로 하는 말이 "최근 회사 일로 극심한 스트레스를 받아 10kg이 쪘다. 양해해 달라"였습니다.

우리 여기서 분명하게 정합시다. 소수점 올림까지는 애교, 그 이상은 키사기입니다. 10kg 쪘으면 바로 업데이트 해 주세요. 소개팅 디데이까지 키가 크고 살이 빠지는 기적은 없습니다. 온라인 허위사실 유포죄는 5년 이하의 징역 또는 1천만 원 이하의 벌금이라던데…

두 번 의심할 신분

신분엔 나이, 직업, 미혼 여부 정도가 있겠네요. 저는 신분증으로 나이, 교사 임명장으로 직업, 혼인 관계 증명서에 찍힌 '기록할 사항 없음' 문구를 통해 싱글임을 인증했습니다.

그러나 신분 인증 절차가 필수인 앱은 적었고 인증한 이용자는 더 적었습니다. 특히 혼인 증명서는 있어도 솔로 증명서는 없으니 애인이 있음에도 솔로를 사칭하는 사람이 있겠죠? 애인의 폰에서 데이팅 앱을 보고 충격받았단 이야기도 많잖아요. 앱에서 운 나쁘게 그런 사람과 엮여 나도 모르는 사이에 바람의 상대가 된다는 상상만 해도 끔찍합니다.

나이도 마찬가지였습니다. 어떤 소개팅남은 실제 나이가 프로필보다 5살 많다고 고백했습니다. 어린 사람을 만나고 싶은데, 실제 나이로 가입하면 프로필에서 컷 당한다나 뭐라나. 물론 저도 가입할 때 출생 연도를 찾으려면 살아온 세월만큼 스크롤을 내려야 했어요. 20대로 돌아가고 싶었다고요. 하지만 호적상 30대인 걸 어쩌겠어요. 만약 어린 이성을 만나고 싶으면 나이 속일 것 없이 '연하 선호' 란에 체크하면 됩니다. 연상 선호에 체크한 이성을 소개해 줍니다. 아무튼 신분은 두 번 세 번 의심해도 지나치지 않았습니다.

조작 가능한 성향

성격이나 취향은 조작할 필요가 없거니와 조작하는 사람도 없었습니다. 성격은 차분한, 외향적인, 감성적인 등 여러 키워드에서 선택했고, 취향은 로맨틱 영화 vs 액션 영화, 발라드 vs EDM 등 선호하는 것에 표시했습니다. 취미도 입력하고 종교는 신앙의 정도까지 체크할 수 있었죠. 진실하게 적을수록 비슷한 이성을 소개받았습니다.

그러나 술과 담배는 달랐습니다. 건강검진 사전 설문지와 비슷하게 음주 횟수를 월 1~2회, 주 1회, 주 3회 이상에서 선택하고 주량은 소주 몇 잔, 맥주 몇 잔으로 적는데, 임의대로 적어도 입증할 방법이 없잖아요. 분명 애주가도 있을 텐데 주의를 요할 만큼 술 좋아하는 프로필은 한 명도 못 봤습니다.

흡연은 '흡연, 비흡연, 전자담배, 상대가 원한다면 끊을 수 있음, 상대가 옆에 있을 때는 피지 않음' 등 선택지부터 다양했습니다. 흡연을 선택한 사람은 절대적으로 드물었어요. 저는 아무리 괜찮은 프로필이라도 비흡연이 아니면 매칭하지 않는데, 만났던 사람 중에는 일주일 전 금연을 결심하고 흡연에서 비흡연으로 바꾼 사람도 있었습니다. 그는 말할 때마다 담배 냄새가 났어요. 어떤 앱은 프로필 항목 중 키와 담배 항목에만 수정하지 못하도록 잠금 처리하는데, 매칭에 실패하면 가장 먼저 조작하고 싶은 항목이 키와 흡연 여부인가 봅니다.

믿을 건 배지뿐

그 외에도 이성에게 어필할 만한 매력을 추가할 수 있습니다. 저는 '피부가 좋아요, 롤 게임을 좋아합니다'를 적었고, '피트니스 대회 입상경력 있습니다, 여친 사진을 잘 찍어 줍니다, 안전한 운전 실력을 갖추고 있습니다, 남친룩 잘 입어요'와 같은 문구에 끌렸어요. 적은 대로 믿진 않아도 '평균 이상인가 보다' 하고 생각했어요.

목소리도 매력 포인트였습니다. 목소리를 녹음하면 프로필에 음성 파일이 올라갑니다. 재생 버튼을 눌렀을 때 "안녕하세요. ○○○입니다. 잘 부탁드립니다" 정도만 들려도 생동감이 느껴졌습니다. 노래 부르는 사람도 있었습니다. 하필 임재범 고해를 녹음한 그 남자. 어찌합니까, 어떻게 할까요…

마지막으로 수치화할 수 있는 스펙은 배지를 받아 프로필을 레벨 업 시킵니다. 요즘 데이팅 앱은 '준 결정사'라 불릴 만큼 회원 스펙 관리가 철저한데요. 예를 들어 자산 배지를 받으려면 부동산 등기 서류나 최근 은행에서 발행한 잔액 증명서를 제출해야 합니다. 소득을 증명하려면 원천 징수 영수증, 연봉 계약서,

소득 금액 증명원 등을 내야 합니다. 시대가 변한 만큼 유명세도 스펙이 되어 유튜브 구독자나 인스타그램 팔로워 수를 인증하면 명성 배지를 줍니다. 프로필에서 다른 항목은 적당히 걸러서 보았지만, 배지는 제출 서류와 통과 기준이 복잡해서 프로필에 배지가 하나라도 붙어 있으면 그나마 믿을 수 있었습니다.

부모님도 몰라보는 사진
올리지 마세요

예선의 시작

프로필의 메인은 단언컨대 사진입니다. 유튜브 영상도 섬네일만 보고 클릭할지 말지 결정합니다. 무라카미 하루키의 《상실의 시대》도 《노르웨이의 숲》에서 제목만 바꿨는데 배로 인기를 끌었습니다. 데이팅 앱에서도 내적 매력을 어필하려면 먼저 외적으로 납득이 되어야 합니다. 사진만 보고 넘기는 경우가 많습니다.

저는 저의 마케터가 되었습니다. 아무리 좋은 상품도 시선을 끌지 못하면 안 팔립니다. 여러 프로필 사이에서 제 프로필에 시선을 멈추게 만들려면 사진부터 신중히 골라야 했어요. 이때 주의할 점! 당장 눈앞에 매칭만 보면 안 됩니다. 재매칭 즉 애프터 만남까지 고려하여 어떤 사진을 올리면 좋을지 이야기해 보겠습니다.

정직한 사진

여러분이 프로필 사진을 고른다고 생각해 봅니다. 어떤 사진이 좋을까요? 머릿속에 인생 사진 몇 장이 떠오를 겁니다. 그 사진 속 인물과 현재 나의 싱크로율을 고민해 봅시다.

이것은 사진인가 사기인가. 앞서 말했다시피 데이팅 앱 이용자들은 프사기꾼에 지쳐 있습니다. 게시판에 '이번 매칭녀는 30%였어요'라는 글이 올라오면 공감의 '좋아요'가 터집니다. 사진과 실물의 일치율이 절반도 안 되었다는 이야기입니다. '부동산에서 올린 허위 매물에 헛걸음한 기분'이라는 표현도 신박했어요.

저 역시 부모님도 몰라볼 사진을 올린 소개팅남을 만나서 실망한 표정을 감출 수 없었습니다. 약속 장소에서 그를 지나칠 정도였죠. 유튜브에서 어그로가 반감을 주듯, 과한 보정에 다른 프로필 정보까지 믿을 수 없었습니다.

결혼정보회사는 객관적 외모를 알려 주기 위해 증명사진급 사진을 받는다고 합니다. 소개팅에서 단연 첫인상이 중요했고, 실물이 사진과 비슷하거나 그 이상이었을 때 기분 좋게 대화를 시작할 수 있었습니다. 그런 걸 생각하면 저 또한 사진을 적당한 수준에서 타협해야 했습니다.

저는 실물과 사진의 괴리율을 낮췄습니다. 제가 남자들의 사진을 볼 때도 대충 막 찍은 듯한 사진이 오히려 신선하고 자신감 있어 보였거든요. 그래서 보정 카메라가 아닌 일반 카메라로 찍었고 실물에서 2% 정도 잘 나온 사진으로 골랐습니다. 정직한 마케팅의 결과는 나름 만족스러웠어요.

그렇다고 실물보다 못 나올 필요는 없습니다. 프사기가 당연시되는 앱에서 실물과 똑같으면 오히려 손해입니다. 프사기, 키사기, 살사기 프로필에서 사기를 빼는 정도면 됩니다.

일관성 있는 사진

데이팅 앱 '블라인드 데이트' 대표 인터뷰에 따르면 사진에서 가장 중요한 건 일관성입니다. 두 가지 일관성인데 먼저 사진과 소개 글의 일관성입니다. 어떤 프로필에 주말마다 유기견 봉사 활동을 다닌다는 글이 있었는데 그래서인지 봉사하며 찍은 사진이 많았습니다. 신뢰와 호감이 동시에 생겼죠. 반대로 성격이 쾌활하다고 써 놓고 사진이 죄다 뚱한 표정이면 프로필을 보다가 흐름이 뚝 끊겼습니다.

둘째, 사진과 사진의 일관성입니다. 사진끼리 비슷한 건 당연한 거 아니냐고요? 보정이 과하면 사진 안에서 동일 인물이 아닌 경우가 많았습니다. 너무 잘 나오거나 반대로 못 나온 함정 카드가 없어야 수월하게 근삿값을 예측할 수 있었습니다.

다양한 사진

잘 나온 사진만 뽑아 올리지 마세요. 데이팅 앱 초반에 제가 그랬습니다. 어차피 같은 얼굴, 같은 표정, 같은 각도라 남이 보면 똑같은데 제 눈에만 달랐거든요. Ctrl+C, Ctrl+V로 의미 없이 장수만 채우는 꼴이었죠. 반편 제가 호감을 느낀 프로필들은 공통적으로 여러 모습이 담겨 있었어요.

저는 잘 나온 사진을 첫 번째 사진으로 고정하고 나머지 사진은 다양한 이미지로 채웠습니다. 예를 들면 여행, 러닝, 요리, 골프 등 취미를 즐기는 사진이요. 사진 속 표정, 즐기는 모습에서 저만의 매력을 어필할 수 있었습니다. 이성의 사진에서 일하는 모습도 매력적이었어요. 특히 유니폼 입고 찍은 사진은 후광

효과가 있었습니다.

어떤 사람은 포털 사이트에 자기 이름 검색하면 나오는 포트 폴리오를 캡처해서 올려놓았는데 자부심과 귀여운 허세가 느껴 졌어요. 또 어떤 사람은 진지한 마음을 어필하고 싶다며 자필 자 기소개를 찍어 올리기도 했습니다. 사진은 생김새뿐 아니라 그 사람만의 색깔을 보여 주었습니다.

끝으로 셀카보다 남이 찍어준 사진이 자연스럽습니다. 사진 찍히는 게 어색하다고 단체 사진에서 본인만 잘라서 깨진 사진 쓰지 말고, 주말에 나들이라도 나가서 밝은 느낌으로 사진을 찍 어 보길 바랍니다.

안녕하세요, 반갑습니다
대신 쓸만한 말

예선 마무리

프로필은 사진으로 시작해서 자기소개로 끝납니다. 여기서 자기소개는 진정성을 어필할 수 있는 부분이에요. 데이팅 앱은 가입과 활동이 쉬우므로 정성 들인 자기소개를 통해 최소한의 마음가짐을 보여 줄 수 있습니다.

제가 본 자기소개는 천차만별이었습니다. 최대 글자 수까지 채워 꼼꼼하게 쓴 사람도 있었고, '백문이 불여일견이니 만나서 알아봅시다'라고 적은 사람도 있었습니다. 지금도 잊을 수 없는 자기소개가 있습니다. 점 하나 찍혀 있었어요. 한 글자도 적지 않으면 다음으로 넘어가지 않아 점이라도 찍은 모양입니다. 그의 아이디는 '연봉 ○○억', 점 하나로도 마케팅되는 그가 내심 부러웠습니다.

그러나 연봉 ○○억인 사람이라도 자기소개가 없다면 매력적인 프로필로 느껴지지 않았습니다. 저는 앱으로 사람을 만나볼수록 자기소개를 더 신경 써서 읽게 되었습니다. 글에서 느껴지는 에너지가 실제 분위기와 흡사했기 때문입니다. 오히려 사진보다 일치율이 높았습니다. 그래서 귀찮다고 대충 읽거나 쓰면 아쉬울 부분이라 생각합니다.

적당한 길이, 적절한 문구

자기소개 분량에도 보기 좋은 정량이 있습니다. 제 경험상 '안녕하세요', '잘 부탁드립니다', '새로운 인연을 기대합니다'처럼 별생각 없이 쓸 수 있는 말만 짧게 있으면 대충 만나려는 느낌이 들어서 호감도가 떨어집니다. 현실에서도 말 없는 사람에게 먼저 다가가기 쉽지 않듯, 소개 글이 한두 줄인 이성에게 먼저 호감을 보내기 어렵습니다.

반대로 소개 글이 너무 길면 읽히지도 않고 부담스럽습니다. 개인적으로 모바일 화면에 한 번에 들어오는 길이가 적당했습니다. 다음은 저의 자기소개 글입니다. 이 정도 분량이 한 화면에 들어오는 길이입니다. 말하듯 읽어 보니 1분 정도 되네요.

> 서울에 사는 서른 살 교사입니다.
> 저는 에너지가 많고 밝은 편이라 통통 튄다는 이야기를 자주 듣습니다.
> 저의 에너지 충전소는 여행과 맛집 탐방입니다.
> 방방곡곡 돌아다니며 맛집 대동여지도를 만들어 놔서 나중에 데이트 코스는 제가 책임질 수 있어요!
> 취미는 발레와 복싱입니다. 운동을 가리지 않고 좋아해서 운동 데이트도 해 보고 싶습니다.
>
> 제가 찾는 분은, 솔직히 다 보긴 하는데 무엇보다 죽이 맞아 친구처럼 지낼 수 있는 남자입니다. 단, 흡연하는 분은 싫습니다.
> 앱이지만 진지하게 짝을 찾고 있고요. 결혼 생각도 있어서 같은 생각인 분을 만나고 싶습니다.

저는 신분, 성격, 취미, 이상형, 앱 사용 목적을 차례로 밝혔습니다. 특히 마지막 문장에 결혼이란 단어로 이번 연애에 임하는 무게를 강조했습니다.

면접에서도 1분 안에 자기소개를 해 보라고 하면 쉽지 않을 겁니다. 저 역시 이틀을 고민했고, 며칠에 걸쳐 여러 번 고쳤어요. 여러분도 글을 쓰려고 하면 첫 문장부터 쉽지 않을 텐데요. 소개란에 쓸만한 항목을 예시 문구와 함께 소개하겠습니다.

데이팅 앱에서의 자기소개 예시

항목	예시 문구
가입목적	· 남중, 남고, 공대 나와 남초 직장을 다니고 있습니다. 도무지 이성을 만날 기회가 안 생겨서 가입했어요. 연애하고 싶습니다. · 친구가 이 앱으로 결혼했다고 추천하길래 저도 결혼하려고 가입했습니다. ㄴ 첫 문장에 가입 목적 즉 어떤 마음으로 앱을 시작했는지를 적으면 자연스럽습니다. 게다가 같은 마음인 사람을 쉽게 찾을 수 있어요.
직업	· ○○전자 반도체 연구원입니다. 제 커리어는 워라밸과 정년이 보장됩니다. · ○○제약에서 영업 업무를 담당합니다. 사람을 상대하다 보니 눈치가 만렙입니다. ㄴ 어떤 곳에서 무슨 일하는지 구체적으로 밝혀 주세요. 해당 직업군의 장점을 어필하면 더 좋겠죠?
외모	· 주변에서 살찐 박서준 닮았다고 하는데, 여친이 생기면 어떻게든 살을 빼보겠습니다. ㄴ 과하지 않은 유머가 섞여 있으면 금상첨화!
성격	· 사람들은 저를 에너자이저라고 부릅니다. MBTI 테스트에서 항상 E가 나와요. · 좌우명은 '서두르지 말되 멈추지 말자' 입니다. ㄴ 나 이런 사람이라고 말하는 것보다 주변에서 본인을 어떻게 보는지 알려 주세요. 인생 가치관이나 생활신조를 추가하면 멋스럽습니다.

취미	· 매년 음악 페스티벌 가는 것을 좋아합니다. 남자친구와 함께 가는 것이 로망이에요. · 요리를 좋아합니다. 나중에 음식은 제가 할 테니 맛있게 먹어 주세요. ㄴ 취미가 무엇이든 애인과 함께할 수 있는 부분을 언급해 보세요. 자기소개도 결국 자기 어필입니다.
매력	· 옷핏이 좋단 이야길 자주 듣습니다. 부업으로 모델 아르바이트를 하고 있어요. · 3개 국어 가능해서 저랑 여행 가면 든든하실 거예요. · 재테크 좋아해서 분당에 신혼집 마련해 놨습니다. 전입 신고할 남자 어디 없나요? ㄴ 재력도 매력, 매력은 구체적일수록 좋습니다.
단점 보완	· 흡연하지만 이성과 있을 때는 자제하고 가글도 챙겨 다닙니다. · 직업상 3교대 근무지만 오프 근무가 많습니다. 데이트 스케줄은 제가 최대한 맞추겠습니다. ㄴ 단점을 보완하려는 노력 자체가 긍정적으로 작용합니다.
이상형	· 내적 이상형은 자존감 높은 사람, 외적 이상형은 고양이상입니다. · 제가 기독교라 같은 종교면 가장 좋지만, 종교에 반감 없는 분이면 무관합니다. ㄴ 서로 호감권을 아끼기 위해 선호하는 부분과 피하는 부분을 명확하게 적어 주세요.
연애 스타일	· 각자 보내는 시간도 존중해 줄 연애를 원합니다. 연락에 집착하면 부담스러워요. · 결혼은 급하지 않아 천천히 알아가는 연애부터 시작하고 싶습니다. · 나이가 나이인지라 딱 1년 진하게 연애하고 내년쯤 결혼하고 싶습니다. ㄴ 서로 시간을 아끼기 위해 원하는 연애를 확실하게 적어 둡시다.
맞춤법	ㄴ 마지막으로 맞춤법 확인은 필수입니다. 왜 자꾸 '일해라 절해라' 하냐고요? '어의'가 없다고요? 기본 맞춤법조차 틀리면 매력이 반감됩니다. 맞춤법 검사기라도 돌리세요. 검색하면 금방입니다.

호감 늘리기 - 프로필 점검

사진부터 점검하세요. 저도 프로필에서 사진만 바꿨을 뿐인데 다음 날부터 오는 호감의 개수가 달라졌습니다. 사진 찍고 고르는 것이 귀찮은 사람들이 꼭 내면이 중요하다고 말합니다. 그런데 만나지도 않았는데 그걸 무슨 수로 알겠습니까. 일단 서류 심사부터 통과해 봅시다.

그럼 어떤 사진으로 바꿔야 좋을까요? 가장 다가가기 어려운 프로필이 센 (척 하는) 사진만 있는 경우입니다. 대표 사진이라도 밝은 느낌으로 바꿔 보세요. 호감이 가는 이성의 프로필을 벤

치마킹해도 좋습니다. 정 모르겠다면 비슷한 연령대의 이성에게 베스트 사진을 골라 달라고 부탁하세요. 중요한 건 동성 말고 이성입니다. 저는 소개팅 자리에서 어떤 사진이 가장 매력적이었는지 물었습니다. 그들은 제가 올릴까 말까 고민했던 사진을 골랐고, 극명한 남녀의 시선 차이를 느낄 수 있었습니다.

종종 앱 내부 게시판에는 서로의 프로필을 평가해 주는 이벤트가 열리는데요, 그·그녀에게 프로필을 오픈하고 피드백을 부탁하면 댓글이 달립니다. 예를 들면 '1번 사진은 괜찮은데 첫 사진으론 2번이 더 좋아 보여. 순서를 바꾸는 게 어때? 3번 사진은 너무 가까이 찍어서 부담스럽고, 4번 사진은 보정 필터 때문인지 배경이 휘었어. 둘 다 빼는 게 좋겠어. 프로필에 운동 좋아한다고 썼는데 운동하는 사진을 추가해 봐.' 이런 식으로요. 저는 이용해 본 적 없지만, 도저히 변화구를 못 찾겠을 땐 이용자끼리 품앗이도 나쁘지 않은 것 같습니다.

맞호감 늘리기 - 호감 메시지 활용

이성에게 호감을 전달할 때 간단한 메시지를 보낼 수 있습니다. 이때 메시지를 내 프로필을 감싸는 포장지라 생각해 보세요. 선물 받을 때 예쁜 포장을 보면 기분이 좋아지듯, 내 프로필이 좋은 느낌으로 전달될 수 있도록 메시지까지 신경 쓰면 매칭될

확률이 올라갑니다. 그렇다고 구구절절 포장하면 상대가 읽다가 지치겠죠?

저는 여러 모양새로 쓰거나 받거나 둘 다 해 보았는데요, 쓰는 입장은 물론이고 특히 받는 입장에서 이 형식이 가장 깔끔했습니다. 내용은 자기소개, 간단한 어필, 호감을 느낀 이유 정도면 충분했고, 특히 저를 향해 맞춤 제작한 문구는 제 프로필을 꼼꼼히 읽은 게 느껴져서 더 관심이 갔습니다. 단순히 '느낌이 좋아서 호감을 보낸다, 잘 부탁한다'처럼 누구에게나 보냈을 법한 멘트는 큰 의미 없었어요.

말투는 담백한 게 좋았습니다. 마음만 앞선 말투는 부담스럽고 가벼워 보였습니다. 만나지도 않았는데 지나치게 띄워 주거나 친구처럼 다가오면 '엥?' 하고 뒷걸음치게 되었습니다. 또한, 자기 비하는 금물입니다. 이성의 세계에서 자신을 낮춰 상대를 띄우는 전략은 전혀 매력적이지 않습니다.

저는 서울에 사는 35살 은행원입니다(소개). 프로필을 보니 저희 취미가 비슷하네요. 특히 연인과 친구처럼 지내고 싶다는 내용이 저의 연애관이라 먼저 용기 내어 봅니다(호감 포인트). 사진 왜 그렇게 찍냐, 실물이 낫다는 소리를 종종 듣고요. 상대를 편하게 해 주는 것이 제 장점이라 생각합니다(어필). 식사하며 조금 더 알아볼 수 있을까요?

맞호감을 거두는 메시지

- 완전 제 스타일이십니다. 사진 보자마자 반했어요.
- 얼마나 많은 호감을 받을지 짐작조차 어렵지만, 감히 도전해 봅니다.
- 저랑 통할 것 같네요. 언제 술 한 잔 하시죠!

매칭에서 만남으로 연결하기

매칭만 하면 지인 소개팅과 다를 바 없다고 생각하였나요? 저는 앱 이용 초반에 매칭이 100% 만남으로 이어지지 못했습니다. 20%는 만나지 못했는데요. 생각해 보니 유치한 기 싸움을 벌였어요. '네가 호감 보냈으니 연락도 네가 먼저 연락해야지 vs 내가 호감 보냈으니 연락은 네가 먼저 해야지' 하는 생각으로 선

연락을 미루면 만남이 거품처럼 사라졌습니다.

먼저 연락했음에도 상대가 다짜고짜 잠수타는 경우도 있었습니다. 앱에서 개인 SNS로 넘어오는 과정에서 추가 사진을 보고 실망하면 연락조차 하지 않는 겁니다. 저는 굳이 그런 사람까지 잡고 싶지 않아서 대처하지 않았지만, 비슷한 느낌을 받은 지인은 SNS 프로필에 앱과 같은 사진만 남기고 삭제했다고 합니다.

그럼 만나기까지 얼마나 자주 연락하며 친해져야 좋을까요? 지인은 앱으로 연결되었으니 1, 2주 정도 친분을 쌓은 뒤에 만나고 싶다고 합니다. 그러나 그 과정에서 간만 보다 만남이 불발되는 경우를 많이 보았습니다. 특별한 연결 고리가 없이 1, 2주씩 오갈 말은 없습니다. 대체로 할 말이 바닥나고 답장 타이밍이 벌어지다가 흐지부지 끝납니다. 반대로 온라인 대화로 어설프게 친해지면 이성적 느낌이 끊겨 채팅 친구로 남을 수 있습니다.

저는 매칭되면 간단한 인사 후 약속 날짜부터 정했습니다. 최대한 이른 날짜로 잡았어요. 온라인에서 오프라인으로 빨리 넘어가고 싶어서였습니다. 그때까지 연락하며 굳이 친해지지 않았어요. 온라인 대화 일주일 하는 것보다 직접 한 번 보는 것이 확실했습니다.

앱을 이용할수록 매칭과 만남 횟수는 늘었습니다. 그럼에도 솔로를 졸업하지 못했고 1년간 앱을 배회했습니다. 네, 저는 앞으로 굴러도 뒤로 굴러도 옆으로 풍차를 돌려도 솔로였고, 백날 매칭해 봤자 연애 못하는 데이팅 앱의 고인물이었습니다.

MATCH ♥4
백번 매칭해도 솔로

36.5℃

소개팅

부담스러운 여자

첫 번째 소개팅 이야기입니다. 그는 데이팅 앱에 가입한 당일 받은 카드였어요. 여러 카드에서 그의 직업 배지가 눈에 띄었습니다. 지난 이별을 생각하면 평균 이상의 직업, 소위 말해 잘나가는 직업은 소개팅 상대의 기본값이 되었습니다. 이런 이야기를 지인에게 말하면 또 속물 소리나 듣겠죠? 데이팅 앱에서는 속마음을 숨기지 않고 매칭할 수 있었습니다.

그는 기본값은 물론 +α 요소도 많았습니다. 듬직한 피지컬과 진지한 소개 글이 돋보였어요. 특히 '1, 2년 안에 결혼하고 싶다'라는 문장에는 '좋아요'를 누르고 싶었죠. 제가 먼저 호감을 표현했고 맞호감을 받아 매칭되었습니다. 가입 첫날에 매칭을 성공하고 소개팅 약속까지 잡았어요. 이때까지만 해도 소개팅을 백번이나 하게 될 줄 몰랐습니다.

그를 만났습니다. 쌀로 밥 짓는 당연한 이야기를 해도 웃고 한 입 거리를 세 조각으로 나눠 먹는 소개팅 특유의 분위기가 흘렀어요. 앱으로 만났다고 해서 별다르지 않았습니다. 외모도 성향도 프로필에서 느낀 것과 비슷했죠.

그는 노는 것보다 공부가 좋다고 말했습니다. 꾸준히 자기계발에 힘쓰는 사람이었고, 이 여자 저 여자 만나는 것보다 한 사람을 잘 만나 일찍 가정을 만들고 싶은 남자였습니다. 나이 먹고 소개팅하니 자꾸 앞서나가게 되었는데요. 그의 바른 모습은 미래를 기대하게 했어요. 은연중 '나중에 내 아들이 이렇게 자랐으면 좋겠다'라고 생각했습니다.

우리는 밥도 먹고 커피도 마시고 데이트하며 자연스럽게 연인이 되었습니다. 예상대로 그는 FM 스타일의 안정적인 사람이었어요. 우리는 1년쯤 연애하고 내년에 결혼하면 좋겠다고 입을 맞췄습니다. 얹힌 서른 살이 내려갔어요. 결혼을 전제한 연애가 소화제였죠.

하지만 그의 삶은 공부로 채워졌습니다. 저와 노는 것보다 공부가 더 좋은 남자였어요. 그에게 연애란 삶에 활력을 주는 정도면 충분했어요. 제가 연애의 대식좌라면 그는 산다라박, 박소현이었습니다. 분명 우리가 원하는 결말은 똑같이 결혼인데 연애에 기대하는 범위가 달라도 너무 달랐습니다. 그는 '별미 같은 데이트'를 원했고, 저는 '집밥 같은 만남'을 원했어요.

어쩌면 우리는 타이밍이 달랐던 것일지도 모르겠습니다. 저는 스물넷 이른 나이에 일을 시작했어요. 당시 일에 적응하느라 연애는 뒷전이었죠. 애끓는 연애, 자주 보는 연애는 버거웠습니다. 지금의 저는 연애할 여력이 충분한데, 그는 아니었어요. 과거의 저처럼 개인 시간을 존중하며 적당한 온도로 만날 수 있는 여자를 원했습니다.

보편적으로 30대는 사회적인 스펙을 쌓아 성장하는 시기입니다. 20대만큼 연애할 에너지, 물리적 시간이 없습니다. 어느 잡지에서 30대 연애는 5가지 특징이 있다고 해요.

❶ 사랑보다 현실을 고려한다.
❷ 연애보다 내 삶이 중요하다.
❸ 불꽃 튀는 사랑보다 편안함을 찾는다.
❹ 감정 낭비를 싫어한다.

❺ 적극적으로 사랑하지 않는다.

마지막 문장이 허를 찌르네요. 그래서인지 뜨거운 연애를 기대하면 언제부턴가 부담스럽단 소리를 들었습니다.

온도를 낮출 수밖에

"어항 두 개에 물고기가 한 마리씩 살고 있어. 한 물고기가 옆 물고기한테 자기 어항으로 넘어오라고 졸라. 넘어왔다간 수온이 달라서 바로 죽을 텐데 계속 조르네. 그 사람이랑 잘해 보고 싶으면 천천히 물을 나눠 봐. 함께할 수 있는 온도를 맞춰 보라고."

언니의 충고에 제 온도가 뜨겁다는 걸 깨달았을 무렵, 저쪽 어항 물고기는 벌써 죽겠는지 이별을 고했습니다. 그리고 이런 헤어짐이 잦았어요. 저는 뜨겁게 연애하고 싶은데 그럴 수 있는 30대 남자는 천연기념물이었습니다. 36.5도를 유지하는 남자 옆에서 혼자 뜨거워졌다가 혼자 데이곤 했습니다. 저는 서운하고, 그는 미안한 상황이 반복되었죠.

어쩌겠어요, 저는 사랑의 온도를 낮췄습니다. 미온으로 다양한 사람을 만났어요. 첫 만남에 마음에 들어도, 다시 만날 생각에 설레도, 안전한 온도를 유지하려고 미지근하게 행동했죠. 통통 튀는 마음을 경계했어요. 가슴 뛰는 연애를 꿈꾸지만 덤덤해야 했습니다. 누굴 만나도 마음 한편에 인연이 아닐 수도 있단 밑밥을 깔아 놨어요. 나중에 서운하지 않으려면 미리 쿨해야 했습니다. 저는 적극적으로 사랑하지 않는 30대가 되었으니까요.

만약 제 감정에 솔직했다면 결과가 달랐을까요? 벚꽃 흩날리는 봄, 미지근한 소개팅 퍼레이드가 시작되었습니다.

사랑하며 100원
vs 사랑 없이 100억

사랑보다 100억

　동료 선생님이 결혼에는 연애 결혼과 조건 결혼이 있다고 하였습니다. 어디에 비중을 두고 결혼했는지에 따라 사는 분위기가 다르다고 합니다.

　"5반 선생님은 연애 결혼했잖아. 지금도 뜨거워서 걸핏하면 싸우고 삐지고 그러다가 날씨 좋으면 데이트하고 연애 때처럼 지낸대. 근데 나는 조건 결혼했잖아. 더 늦으면 결혼 못하겠다 싶은 나이에 서로 적당한 사람 만난 거야. 연애 때나 지금이

나 미지근해서 딱히 싸울 것도 없어. 애 키우면서 가정에 충실하게 사는 거지."

"어떻게 사는 게 더 좋은 걸까요?"

"이렇게 한 번 저렇게 한 번 안 살아봤는데 나라고 알겠어? 근데 난 피곤한 건 딱 질색이라 지금처럼 사는 것도 만족이야."

현재 저는 조건 결혼의 포지션에 있습니다. 소개팅으로 만난 남자들도 같은 포지션에 있었어요. 우리는 사랑에 목맬 때가 지났고 연애에 안달나 하지 않았습니다. 알 거 다 아는 나이에 어떻게 사랑이 사랑으로만 되나요. 계급장 다 떼고 자연인으로 시작하기 어려운 현실을 받아들였습니다. 열렬히 사랑하는 사람도 없는 상황에서 조건부터 확인했어요. 연애하다가 결혼을 결심하면 연애 결혼이 되고, 결혼을 결심하고 짝을 찾으면 조건부터 보지 않을까요?

조건을 좇는다고 사랑을 놓은 건 아닙니다. 조건을 많이 따진다고 사랑을 적게 할 수는 없으니까요. 저는 다시는 헤어지지 않고 결혼까지 하고 싶어서, 결혼하고도 잘살고 싶어서 조건을 고려했습니다. 사랑은 시간을 쌓아 잔잔하게 만들 수 있다고 생각했어요. 그리고 100억이면 없던 사랑도 생기지 않을까요?

연애 말고 결혼

30대 소개팅은 확실히 20대 때와 달랐습니다. 대화의 포인트가 연애보다 결혼이었어요. 어떤 데이트를 좋아하는지보다 라이프 스타일을 물었고, 어떤 음식을 좋아하는지보다 집밥을 해먹는지, 좋아하는 영화보다 선호하는 재테크 방법을 물었죠. 질문의 시제가 현재보다 미래였습니다. 이번 주말 데이트 상대가 아니라 앞으로 동거인으로 괜찮을 사람인지 확인했어요.

배우자로서 장단점도 살폈습니다. 남자들은 저를 퇴근도 빠르고 방학이 있으니 내조와 육아를 잘할 것으로 짐작했어요. 저도 그가 남편과 아빠 역할을 잘할 수 있는 대상인지 고민하게 되었습니다.

소개팅에서 재고 따지는 모양새는 쇼핑하듯 이성을 고른다고 비난받을지 모릅니다. 하지만 집에 들이는 가구를 살 때도 며칠씩 발품 팔잖아요? 장바구니에 넣어 놓고 최종 결정까지 한참을 고민합니다. 꼼꼼한 사람은 3D 시뮬레이션 서비스로 가상 배치까지 해 보죠. 하물며 평생 한집에 살 사람인데 어떻겠습니까.

30대 만남은 목적이 연애에 그치지 않고 성혼인 경우가 많습니다. 결혼의 발아 조건은 연애보다 까다로워서 만났을 때 단점부터 보입니다. 9개가 좋아도 1개가 걸리면 주춤합니다. '에라

모르겠다. 느낌이 좋으니까 일단 만나 볼까' 하는 도전 의식이 안 서고, 콘크리트 다리도 두드리는 신중함이 생깁니다.

저도 말만 소개팅이지 마음가짐은 선과 다름없었어요. 마지막 연애란 생각 때문에 절대 아무와 시작할 수 없었죠. 막상 시작하면 진도는 빠를지 몰라도 그 시작이 어려웠습니다. 여러분의 지난 소개팅을 생각해 보세요. 첫 만남 후 ○ 결정은 신중하고 × 판단은 신속했을 겁니다. 그럼 ○×의 기준은 무엇일까요?

결혼 필터를 끼울 수밖에

소개팅에서 대표적인 결혼 필터를 살펴보겠습니다. 성격이나 가치관 등 오래 만나 봐야 알 수 있는 필터는 제외합니다.

첫째, 결혼과 출산 여부입니다. 소개팅에서 가장 많이 들었던 질문은 "비혼은 아니시죠?"였어요. 서로 결혼을 전제하고 만나도 되는지 확인했습니다. 그다음 질문은 "아이 좋아하세요?"입니다. 결혼과 출산은 나중에 맞춰갈 수 있는 부분이라 생각할수 있지만, 삶의 방향이 확고해진 30대는 맞춰가는 것보다 맞는 사람 만나는 것이 효율적입니다. 맞춰가다가 헤어지면 금방 만혼 나이가 되거든요.

둘째, 가풍입니다. 결혼은 개인들의 결합을 넘어 두 집안의 연결이잖아요. 고부 갈등이 부부 갈등으로 이어지고 명절이 지나면 이혼율이 급증하는 것이 현실입니다. 이혼율 상승에 일조하고 싶지 않아서 상대의 집안 분위기까지 확인하게 되었습니다.

솔직히 가부장적인 분위기에 제사까지 많으면 걱정되었어요. 한번은 소개팅남이 "누나가 5명인데 엄마처럼 잘 챙겨 준다"라고 말하는데 여러 생각이 머릿속을 스쳤습니다. 어릴 때 〈사랑과 전쟁〉을 많이 본 탓일까요. 그 말이 시어머니가 6명이 될 것이란 말로 들려 등을 돌리게 되었습니다.

셋째, 경제력입니다. 20대 때는 솔직히 외모만 보고 끌렸어요. 미래에 대한 현실적 고민 따위 없었고 어떻게든 되겠지 했습니다. 지금 당장 행복할 돈은 있으니 직업과 재력도 따지지 않았습니다.

그러나 결혼을 전제하고 연애하려니 없던 고민이 생겼습니다. 결혼은 결혼식부터 돈이 필요하잖아요. 집을 마련하고 아이를 키우려면 더 필요합니다. 남녀 사이에 돈 이야기가 20대 때나 금기어였지 30대 소개팅에서는 공통 관심사였어요.

경제력은 애초에 일찍 확인하는 것이 나았습니다. 친해질수록 묻기 어려웠어요. 우리는 알아가는 단계에서 대략적 수입, 직장 정년, 재테크 성향, 소비 습관 등을 묻고 답했습니다. 어떤 사람은 모아 놓은 돈 없이 한탕을 노리는 사람이라 불안했고, 또 다른 사람은 함께 십일조 헌금하기를 원해서 부담스러웠죠. 솔직하게 공유하고 감당할 만한 수준인지 각자 판단했습니다.

사랑에 유효 기간이 있다는 말 들어보았나요? 대략 3년이라고 합니다. 3년 후에도 노력하면 유지할 수 있지만 앞으로 함께할 미래는 자그마치 60년인걸요. 작심삼년을 20번이나 해야 하는데 그게 현실적으로 가능한 일일까요? 결혼 필터에 가장 먼저 걸러지는 건 언제 꺼질지 모를 감정, 사랑이었습니다.

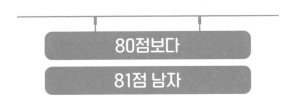

80점보다

81점 남자

높아지는 콧대, 좁아지는 시선

2012년 크리스마스이브 참혹했던 여의도를 기억하나요? 외
로운 솔로에게 만남의 기회를 제공한단 명분으로 대규모 플래시
몹 행사가 열렸죠. 광장에 모인 남녀가 양편에서 대기하다 진행
자가 "준비, 땅!"을 외치면 마음에 드는 이성을 향해 달려갔습니
다. 며칠 전부터 이슈였고 유명 연예인도 참여한다고 하여 기대
가 쏠렸지만, 막상 그날이 되자 여의도 광장은 남자들의 훈련소
입소 날과 비슷했습니다.

데이팅 앱의 고질적 문제는 성비입니다. 남자와 비둘기뿐이

던 솔로 대첩이 따로 없습니다. 솔로 대첩에 있는 여자를 상상해 보세요. 수적으로 유리합니다. 데이팅 앱에서도 여성 회원이 호감 받을 가능성이 큽니다. 제가 이용했던 앱의 여성 파티에는 평균 100~150명의 남성이, 남성 파티에는 10~50명의 여성이 참여했습니다.

저 역시 가입하자마자 호감 메시지가 쏟아졌고 주말에는 끊임없이 호감 알림이 울렸습니다. 되돌아보니 그때 살짝 공주병에 걸렸던 것 같아요. 호감은 단순히 한 번 만나서 알아보고 싶다는 뜻인데 저를 만나자고 줄 선 상황으로 착각했습니다.

회사에서 사람을 뽑을 때 지원자를 다 만나 볼 수 없으면 서류부터 받습니다. 서류 심사 후 면접을 진행합니다. 저도 오프라인에서 만날 사람을 프로필을 보고 추렸습니다. 호감 표현이 무한한 데이팅 앱에서 예선은 남녀 불문하고 흔한 과정입니다.

그럼 심사 기준은 무엇일까요? 실제로 사람을 만날 때 인성이 가장 중요하지만, 프로필에 '저는 성격이 사납습니다. 누구를 만나도 싸우는 파이터입니다'라고 적는 사람은 없습니다. 소심함도 세심함, 다혈질도 정의로움으로 포장합니다. 지인 소개팅처럼 평판을 알 수 있는 것도 아닙니다. 프로필 카드에서 볼 수 있는 건 한정적이에요. 그래서 나이, 외모, 키, 재산, 직업 등 객관적 요소에 집중하게 됩니다.

프로필의 한계 탓에 데이팅 앱은 잘 맞는 사람보다 잘난 사람을 선택하는 구조입니다. 결이 맞는 사람보다 급이 맞는 사람을 찾게 되죠. 사진만 보고 사람을 읽는 관상가가 아닌 이상 온라인에서 좋은 사람 찾기는 어렵습니다. 대신 좋아질 가능성이 큰 사람을 선택합니다. 저는 이성을 '좋다, 싫다'가 아니라 그 카드를 '더 가졌다, 덜 가졌다'로 판단하게 되었습니다.

앱을 할수록 때가 타고 속물이 되었던 것은 매일 프로필을 평가하고 최선을 선택해야 했기 때문입니다. 저도 모르게 앱에 접속하면 평가 봇이 되었습니다. 매력은 오래 보아야 알 수 있지만 스펙은 단번에 보였어요. 평가 봇의 스포이트로 프로필에서 숫자만 추출했습니다. 추측건대 스펙이 중요하지 않았던 사람도 이곳에서는 스펙을 좇게 될 것 같습니다.

이사할 때도 집 평수 줄이는 일이 어렵다고 하잖아요. 80점짜리 이성과 소개팅했는데 다음 사람은 1점이라도 더 높은 사람을 찾게 되었습니다. 호감 알림이 오면 이제껏 매칭된 사람과 비교했어요. 어제 카드의 외모, 그제 카드의 직업, 그 전 카드의 재력까지 갖춘 엑기스 이상형을 만들어 오늘의 카드와 비교했죠. 그 과정에서 눈이 대류권 밖으로 점프했습니다.

제가 이용했던 앱에는 전문직 회원이 많았습니다. 어느 순간부터 전문직 명함에 대한 특별함은 없어졌고, 그 이상이 궁금했습니다. 같은 앱을 사용했던 지인은 의사 중에서도 피부과, 성형외과 등 인기과 의사에게 더 눈에 간다고 말했습니다. 그런 식이면 조건에 조건이 추가되어 나중엔 잘나가는 회사원조차 연봉 얼마 이상, 변호사면 대형 법무법인, 회계사는 BIG 4 회계법인, 은행원이면 어느 금융권 소속인지 여부까지 중요해질 겁니다.

외모 평가로 유명한 앱을 시작한 또 다른 지인은 웃을 때 박보검처럼 해맑은 남자가 이상형이었는데 눈, 코, 입이 다 박보검인 남자를 찾고 있습니다. 남자들의 이상형도 아이유처럼 귀여운 여자에서 아이유처럼 귀엽고 능력 있는 여자가 되겠죠. 데이팅 앱에 박보검과 아이유는 없지만 말입니다.

만족이 없을 수밖에

지인을 통해 소개받을 뻔했던 남자를 며칠 뒤 매칭 카드로 받았습니다. 지인에게 소개받을 때 충분히 매력적인 남자가 앱에서는 지극히 평범한 카드였어요. 마네킹에 입혀져 스포트라이트를 받을 수 있는 옷이 가판대 위에 마구잡이로 섞여 있는 상황이라 느꼈습니다. 데이팅 앱은 최상위 포식자가 이성을 독식하는 구조라 매력 지수 상위 1% 이용자만 빛나고 나머지는 평범해집니다.

또 이런 상황과도 비슷합니다. 얼마 전 오픈런에 성공하여 유명한 케이크를 사 먹었습니다. 먹는 순간 '아, 앞으로 어떤 케이크를 먹어도 이만큼 맛있게는 못 먹겠다'라는 생각이 들었어요. 이 정도 부드러운 식감이 아니면 다 거기서 거기라고 느낄 것 같습니다.

한 번 먹고 그 맛을 잊지 못해서 괜히 입맛만 까다로워진 것처럼, 저는 온라인에서 상위 1% 카드에 익숙해져 오프라인에서까지 이상형이 상향되었습니다. 지인에게 소개받지 못할 지경으로 눈이 높아졌어요. 눈이란 게 올라갈 땐 알아서 공중 부양해 놓고 내려올 땐 지팡이를 쥐여 줘도 꼼짝하지 않았습니다. 저는 기준이 야박해진 탓에 소개팅을 거듭해 봤자 만족도, 만남도 없었습니다. 계속 매칭 카드만 뒤적일 수밖에요.

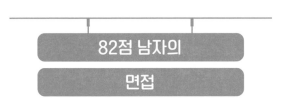

82점 남자의
면접

유교걸 탈락

50/100번쯤 되는 매칭남 이야기입니다. 그의 배지는 금수저 집안, 초고액 자산, 슈퍼카였어요. 매칭이 만남으로 이어지지 못했습니다. 금수저 남자의 최최최종 면접이 저를 기다리고 있었거든요. 그의 첫 문자는 "안녕하세요, 반갑습니다"가 아니었죠.

"이 3가지가 비슷하면 그때 만나 보고 싶습니다. 만나기 전에 물어보는 것이 실례지만 서로 시간도 중요하니까요. 불쾌하면 답변하지 않으셔도 되고 천천히 생각한 뒤에 답해 주셔도 됩니다. 1년 안에 결혼할 생각 있으세요? 결혼을 위한 현실적인 준비는 얼마나 되셨나요? 스킨십을 얼마나 중요하게 생각하세요?"

그는 3가지가 맞지 않으면 만나는 것은 물론 문자 나누는 시간조차 아까워 보였습니다. 얼마 전 동료 선생님의 하소연이 생각났어요.

"우리 애 학원 상담받으러 갔다가 시험만 보고 돌아왔다? 거기가 꽤 유명한 입시 학원인데 상담도 레벨부터 확인하고 해 준대. 가자마자 풀어오라고 시험지 한 장 주더라."

저도 소개팅 적격 대상 평가지를 받았습니다. 순간 이상한 전투력이 생겨서 성실하게 답변했는데요. 3번 문제에서 탈락이었습니다. 해외에서 살다 와 과감한 스킨십을 즐기는 그에게 한국에서 나고 자란 유교걸은 기준 미달이었거든요. 그렇게 만난 적도 없는 남자에게 까였습니다. 데이팅 앱에서 까고 까이기를 반복하면 웬만해서 타격감이 없는데 이런 경우는 처음이라 얼얼했습니다.

미술 2등급 탈락

60/100번쯤 되는 매칭남 이야기입니다. 엘리트 집안, 명문대, 전문직 배지를 가진 남자였어요. 엘리트 집안 남자의 원격 면접도 만만치 않았습니다. 그는 하루에 한 장씩 미술 작품을 찍어서 보냈어요.

"제가 소장하고 있는 그림이에요. 뭐가 보이세요?"
"이번 생일에 이 작품 사려고 해요. 이건 어때요?"

고등학교 때 아무리 노력해도 1등급을 받지 못한 과목이 미술이었습니다. 흰 종이에 검은 붓으로 몇 번 휘갈긴 그림을 보면 청소 욕구부터 듭니다. 매직아이 같고 어지러운 그림을 왜 사는지 이해할 수 없었습니다. 돈이 많으면 생일에 작품을 사는구나 신기할 뿐, 아무런 감흥이 들지 않았어요. 저는 솔직하게 답했고 그는 합장 이모티콘과 함께 결과를 통보했습니다.

"아쉽지만 저희는 좋은 인연이 될 수 없을 것 같습니다."

데이팅 앱에서 우리는 대놓고 가성비 높은 만남을 추구했습니다. 30대는 이미 취향이 확고하고 취향을 맞추는 것이 얼마나 피곤한지 알고 있습니다. 일상이 피로한데 괜히 연애에서 힘 빼기 싫은 겁니다. 처음부터 문제가 될 만한 취향과 수준을 묻고 유교걸과 미술 2등급을 아웃시킵니다. 저도 그들을 욕할 입장은 못됩니다. 같은 이별을 방지하고자 상대를 직업 배지로 검열하고 있었으니까요.

노골적이라 편한 점도 있었습니다. 속도는 달라도 대부분 초반에 조건을 오픈했습니다. 본인 부모님은 해외에 거주해서 어쩌다 한 번 찾아뵈면 되는데 결혼 후 친정 식구와 얼마나 자주 왕래하고 싶은지 묻는 사람도 있었고, 본인 부모님께서 노후 준비가 안 되어 있어서 결혼 후에 부양해야 하는데 괜찮은지 묻는 사람도 있었습니다. 어떤 남자는 혹시 성형한 곳 있냐며, 시술까진 봐줄 수 있다는 쿨내를 풍겼죠. 이런 대화를 위해 날씨, 가벼운 칭찬 같은 스몰 토크는 생략했습니다. 대화는 질의응답 형식으로 효율적으로 진행되었어요. 조건을 확인하면 견적 내는 시간이 이어졌습니다.

계산기 두드리는 소리 끝에 3가지 결론이 났어요. 내가 기울거나, 상대가 기울거나, 비등한 경우입니다. 비등한 경우 은근한 기 싸움이 있었어요. 데이팅 앱에서 평균적으로 어떤 사람과 매칭되는지 또는 대놓고 매력 지수를 묻는 사람도 있었습니다. "저희 로펌 동료들은 이 정도 여자는 돼야 만나더라고요. 교사들은 보통 어느 수준에서 남자 만나요?"라는 말도 들어보았습니다.

십 년 전 유유상종이란 진리를 깨달았기 때문일까요. 저는 이 과정이 불편해도 불쾌하지는 않았습니다. 스무 살에 백화점 VIP 라운지에서 아르바이트했습니다. 라운지는 일정 경제력 이상 고객의 공간이었고, 라운지 안에서 중매는 비일비재했습니다. 지금도 매매가가 비싼 아파트에선 입주민 맞선이 성행합니다. 결혼정보회사도 상류층을 대상으로 운영하는 회사가 따로 있고, 최근엔 S대 전용 소개팅 커뮤니티 결정'샤'도 생겼습니다. 우린 자신과 비슷한 위치에서 상대를 찾으려 합니다. 강산이 변해도 인간의 유유상종 욕구는 변하지 않는 것 같습니다.

하지만 인간관계에 완벽한 유유상종은 없다는 것이 문제입니다. 등호도 엄밀히 보면 부등호예요. 제가 경험한 소개팅에서 우리는 각자의 패를 보여 주며 "나는 너를 이걸로 만족시킬 수 있는데, 너는 날 무엇으로 만족시킬 수 있어?"를 물었습니다. 서로를 득이라 생각해야 다음 만남이 있을 텐데 그런 일은 기적과 같아 일어나지 않았어요. 그럼 기적 찾아 삼만리, 다음 소개팅으로 넘어갈 수밖에요.

본능을 거스른 만남

조건+시간≠사랑

두툼한 매칭 카드가 왔어요. 독보적인 스펙에 눈이 갔습니다. 그와 잘된다면 저에게는 '우리 남편 ○○○', 부모님께는 '우리 사위 ○○○'이란 평생의 타이틀이 생기겠다는 기대부터 들었죠. 저는 한 달 동안 데이트하며 그를 알아갔습니다. 만약 프로필에서 세 글자가 빠졌다면 한 달씩이나 그를 지켜보지 않았을 겁니다.

저는 조건에 시간을 더하면 마음이 생길 줄 알았습니다. 솔직히 생기길 바랐어요. 하지만 마음은 움직이지 않았습니다. 그를 놓치기 아까운 인맥으로 유지할 뿐 이성 관계로 발전시키고 싶지 않았거든요. 그가 손을 잡으려 할 때 저도 모르게 그를 피했어요.

한번은 글로벌한 매칭 카드가 도착했어요. 프로필을 보자마자 "와~"와 "헐~"을 동시에 뿜었습니다. 사회 교과서에서 보던 직업, 미국 드라마에서 듣던 대학이었어요. 그러나 그는 내년이면 불혹이셨죠. 저는 이제 막 서른인데 그는 이제 곧 마흔이었어요.

그 덕에 우린 통하는 게 하나 있었습니다. 한 웨딩 업체에 따르면 여성은 평균 29살, 남성은 36살부터 결혼에 대해 조급함을 느낍니다(김수영, 2017). 그래서인지 지난 소개팅남들은 결혼을 원하면서도 시기를 물으면 "인연에 맡기면 언젠간 하겠죠. 물 흐르듯 자연스럽게요"라고 답했습니다. 우리가 물고기가 아닌데 왜 인연에 몸을 맡기려는지 답답했죠. 저는 결혼으로 직진하고 싶었거든요. 그러던 중 결혼에 풀 액셀을 밟는 그를 만났습니다.

우물은 더 목마른 사람이 팠습니다. 그는 적극적으로 다가왔어요. 제가 해외에서 사는 것이 로망이라 말하자 그의 직장은 해외에서 일하기 쉽다고 어필했죠. 순간 저 멀리 마이애미 해변이 보이는 집에서 컵케이크 굽는 저를 상상해 버렸습니다. 마이애

미에 혹해 더 만났는데 만날 때마다 그는 직진했어요. 저는 그가 싫은 건 아니지만 좋은 것도 아니었어요. 이 정도 마음으로 시작해도 될지 고민되었습니다.

음, 200°C 기름에 튀기는 치킨도 있지만 60°C로 오래 익히는 수비드 닭가슴살도 있잖아요? 그를 천천히 알아가 보았습니다. 치킨이야 원래 좋아해서 바로 먹을 수 있어도 수비드 닭가슴살은 처음이라 찔러보고 뒤집어 보고 썰어 봐야 했어요. 한마디로 그가 좋아질 시간이 필요했고, 데이트하다 보면 차츰 좋아지겠거니 생각했습니다.

그러나 우리는 조금씩 어긋났습니다. 제가 결혼한 친구 이야기를 하면 그는 이혼한 친구 이야기를 했어요. 제가 놀러 가자고 하면 그는 쉬자고 말했어요. 산책하면 벤치부터 찾았고, 앉으면 눕자고 했어요. 공원의 모든 것이 의자가 되고 침대가 되었습니다. 기대했던 상황과 달랐습니다. 만날수록 마음이 식었고 그가 다가올수록 저는 뒷걸음쳤습니다. 오늘은 또 무슨 핑계로 브레이크를 밟아야 할지 다음 만남이 부담되는 지경에 이르렀죠. 기껏 생각한 묘안이 무엇이었을까요?

"코로나 확진자랑 동선 겹쳤어. 2주간 못 보겠다."

거짓 문자를 쓰고 지우길 반복하다 번뜩 정신을 들었습니다. 누가 봐도 비정상적인 관계를 그제야 끝냈네요.

시간만 버릴 수밖에

앱으로 만난 사람 중에는 사는 세상이 다른 사람이 있었고, 스펙은 무난해도 마음이 통하는 사람도 있었어요. 나를 빛나게 해 줄 액세서리를 선택할지 내 살결에 맞는 속옷 같은 사람을 선택할지 판단해야 했습니다. 그때마다 항상 전자를 선택했어요. 소개팅을 거듭할수록 머리가 커져서 결혼식장에서 뿌듯할 선택을 포기할 수 없었습니다. 저는 사람이 아니라 그 사람의 조건을 놓치고 싶지 않아 애매한 마음으로 만남을 시작했고, 좋은 곳에서 좋은 음식을 먹으며 좋은 시간을 쌓으면 상대가 좋아질 거라 착각했습니다.

하지만 액세서리는 한 달을 해도 몸을 겉돌았어요. 여러 번 만나면 조금씩 좋아질 줄 알았는데 한 번 아닌 마음은 끝까지 아니었어요. 이성적인 끌림은 시간과 노력으로 만들어지지 않았습니다. 아무리 데이트를 쌓아도 관계는 무너지고 제자리로 돌아왔습니다. 뼈대 없이 시멘트만 바른다고 집이 지어지겠어요? 시간을 더한다고 무에서 유가 창조되지 않았습니다. 자꾸 허탕 치는 저를 보고 결혼한 친구들은 말했어요.

"야, 결혼하고 싶다면서 왜 아직도 연애하려고 해?"
"누가 30대에 100°C로 시작하냐? 그냥 더 만나!"

머리로는 알겠는데 머리로만 사는 건 아니잖아요. 결혼만 하고 싶은 게 아니라 뜨거운 연애로 시작해서 결혼까지 하고 싶은 걸요. 머리로 계산한 곳과 마음이 끌리는 곳이 다를 때마다 냉정하게 머리로 방향키를 잡았는데, 몸이 따라오질 않는 걸 어떡합니까.

제 몸은 마음을 따라 움직였어요. 우리 몸에서 꼭대기에 있는 건 머리지만 중심부를 지키는 건 마음이기 때문 아닐까요. 결혼 필터에 사랑을 걸렀다고 생각했는데 사랑은 본능이라 거스를 수 없었습니다. 결정적 순간마다 제 선택의 대주주가 되었어요.

한편 조건만 보고 이성을 선택하면 언제 뿌듯할까요? 가장 먼저 떠오르는 건 결혼식, 그다음은 각종 경조사, 회식 등 사람들이 모여 평판을 쌓는 자리입니다. 때마다 시집, 장가 잘 갔다는 소리를 들을 겁니다. 저는 남의 시선이 중요해서 솔직히 그런 상상을 많이 했어요.

그러나 결혼식은 평생에 한 번입니다. 경조사도 시즌마다 3일, 6일, 5일 합쳐 봤자 1년에 며칠 안 됩니다. 한편 그와 먹고 자고 함께할 시간은 매일이죠. 차라리 '365일 vs 3일+6일+5일' 이렇게 생각했다면 쉬웠을 텐데, 1년 중 고작 며칠 뿌듯할 선택에 연연했다가 아까운 시간만 흘려보냈습니다. 만나다 보면 좋아지긴커녕, 제겐 시간을 더할수록 시간 낭비였습니다.

급이 다른
연애

S급 남자와 연애

그는 배지 올킬 남이었습니다. 집안 배지, 자산 배지, 소득 배지, 직업 배지, 거주지 배지, 차량 배지, 명문대 배지까지 걸 수 있는 모든 배지를 가진 남자였죠. 그를 만나서 뱉은 첫 마디는 "우와, 잘 생기기까지 하셨네요?"였습니다. 신이 그를 만들 때 셀카 찍는 기술을 깜빡했나 봅니다. 그는 데이팅 앱에서 0.1%도 안 된다는 역 프사기꾼이었습니다.

당시 저는 소개팅 기계였거든요. 소개팅도 할수록 근육이 붙는다면 3대 500kg은 거뜬히 들었을 겁니다. 소개팅 전문성이 특화되어 처음 보는 남자와 낯가림 없이 대화하는 것이 주특기였고, 상대의 썩은 드립도 심폐 소생시키는 센스가 필살기였습니다.

하지만 배지 부대와 역 프사기꾼이 동시에 입력되자 과부하가 걸렸는지, 삐걱대는 저를 보고 그가 말했어요.

"긴장하신 것 같은데 맥주 한 잔 할까요?"

맥주가 "얼음 땡"을 외쳐 주었죠.

저는 남모르는 개그 욕심이 있습니다. 4:4 미팅에서도 MC 역할을 자처하고 어느 모임에 가든 한 번 빵 터뜨려야 자기 전에 뿌듯합니다. 앱에 개그 배지가 있다면 저도 배지가 2개였을 텐데요. 그에게 유난히 제 개그 타율이 높았습니다. 그는 제가 하는 말마다 터졌고 저도 그가 좋아 배시시 웃었습니다. 그에게는 마음과 머리가 동시에 반응했어요.

웃음이 끊기지 않는 데이트에서 우리 연애가 시작되었습니다. 평일에도 틈틈이 주말에도 열심히 만나며 서로를 알아갔어요. 친해질수록 그는 자신의 패를 하나씩 더 보여 줬죠. 제 패는 진작 'Sold out'인데 그의 패는 마트료시카 인형처럼 까도 까도 계속 나왔습니다. 그는 강남 노른자 땅 한가운데에 거주했고 그의 집안은 검색만으로도 알 수 있었어요. 그의 의식주는 저의 의식주와 달랐고, 그의 세상은 볼수록 '그사세'였습니다.

그땐 그와 연애하는 것 자체가 자랑이었습니다. 만나는 사람마다 잘생긴 사진을 보여 주며 잘난 스펙을 읊었죠. 내가 이런 남자를 만난다는 사실을 자랑하고 싶어서 안달났던 것 같아요. 저에게는 그가 샤넬이고 에르메스였습니다. 그가 내 남자친구라는 우월감, 그와 연애하는 비행감이 허파를 채웠고 어깨를 세워 줬습니다.

그런데 행복할수록 물음표가 커졌습니다. 그는 제게 무엇으로 만족할까요? 노른자에 사는 그와 흰자에 사는 제가 스크램블이 될 수 있을까요?

저는 자발적 '을질'을 시작했습니다. 우리 연애에 저를 조종하는 보이지 않는 손이 존재했어요. 항상 그가 편한 시간과 장소에 제 일정을 맞췄습니다. 그가 요구하지 않아도 제가 먼저 그러겠다고 했어요. 데이트에서 그의 컨디션, 식성, 취향이 우선되었고, 제 몫은 뒤로 미뤘습니다. 직장에서 일이 생겨 마음이 불편했던 날도, 그가 오기 전에 애써 기분을 올려 놓았어요.

대화 중 거슬리는 표현이 있어도 일단 웃고 넘겼어요. 반대되는 생각을 말할까 하다가도 과연 내 생각이 맞을지 의뭉스러워 입을 닫았죠. 그가 좋아할 말만 골라 했습니다. 저는 그가 원하는 사람으로 저를 바꿨습니다. 그는 모든 면에서 저보다 월등했고 제 부족함이 티 날 때마다 그에게 잘해 주는 방식으로 채웠습니다.

연애는 대등해야 하는데 점점 기울었어요. 관계가 완전히 꺾였죠. 이 연애가 저를 갉아 먹는 것을 알면서도 멈출 수 없었습니다. 그는 수요 많은 한정판이고, 그에게 저 정도 여자는 흔할 것이기 때문입니다. 그건 저도 알고 그도 알고 지나가는 개도 알 수 있는 상황이었어요. 그래서 그가 더 이상 나를 좋아하지 않으면 어쩌나 불안했고, 상상 속에서 그가 만날 수 있는 여자들과 경쟁하며 불행했습니다.

우리가 못될 수밖에

그를 만날수록 저는 소모되었어요. 연애가 일상보다 여행에 가까웠습니다. 처음엔 좋았는데 갈수록 피곤했어요. 자꾸만 비슷한 꿈을 꿨어요. 잔칫상 앞에서 먹지 못하고 입맛만 다시는 꿈, 온몸을 치장하고 식당 앞을 어슬렁거리는 꿈이요. 잠을 깨도 배고픈 느낌은 사라지지 않았습니다. 온종일 허기졌어요. 눈앞에 음식을 두고 먹지 못하는 기분, 진짜 내 것은 없는 상황, 이곳은 내 구역이 아닌 불편함이 저를 비루하게 만들었습니다.

그를 만나기 전까지 저는 저를 관대하게 생각했어요. '내가 배지가 없지, 매력이 없나? 나 정도면 집안도 직업도 외모도 훌륭하지' 하는 생각으로 자신 있었어요. 하지만 집안도 직업도 훨씬 좋고 외모까지 넘치는 유니콘 같은 남자를 만나자 저는 미물이 되었습니다. 난 나대로 잘난 사람인데 더 잘난 사람 옆에서 한없이 작아졌어요. 이만큼 매력적인 사람이 나를 좋아하는 건 나 역시 그만큼 매력적인 것이라 스스로 격려해 봤자 잠깐 괜찮아질 뿐이었어요. 부단히 아닌 척 해 봤자 꿀리는 건 티가 났습니다.

속도 모르고 친구들은 부럽다고 말했습니다. 물론 친구들에게 그를 소개할 땐 어깨가 솟았지만 돌아서면 기가 죽었습니다. 좋아하는 사람은 보기만 해도 배부르다던데 저는 그를 만날수록 배가 곯았어요. 그가 어떤 액션을 취하지 않아도 자동으로 그렇게 되었습니다.

그가 결혼을 물었을 때 혹시라도 이 연애가 결혼까지 이어진다면 '나는 그 사람 그림자에서 살겠구나'라고 직감했습니다. 누군가에게는 그림자가 그늘로 느껴질 수도 있지만, 저는 눈부시게 빛나지 않더라도 스스로 빛내며 살고 싶었습니다.

그에게 이별을 고했어요. 왜 그러냐고 묻는데, 제가 느낀 불편함을 설명할 용기조차 없었습니다. 저는 속 편하게 살고 싶어서 그와 헤어졌습니다. 그 옆에선 진짜 제가 될 수 없었거든요. 연애할 때 잘 보이려고 스타일을 바꾸는 정도는 애교지만 저를 그의 이상형으로 환골탈태시키는 관계는 오래갈 수 없었습니다. 정신건강에 빨간불이 켜지기 전에 멈춰야 했어요.

무엇보다 우리는 같은 세상에 살지 않아서 진짜 우리도 될 수 없었습니다. 소개팅남 A는 누가 봐도 본인보다 지나치게 우월한 여자가 호감을 보내면 어차피 안 될 것이 뻔히 보여서 맞호감을 안 보냈다고 합니다. 저는 현실에 부딪혀 멍이 들고나서야 '우리'라는 단어가 막 붙일 수 있는 말이 아니란 걸 알게 되었습니다. 그런 연애는 시작보다 유지가 어려웠어요.

집에 돌아와 하이힐을 벗자 드디어 제 구역에서 편히 쉴 수 있었습니다. 배고픈 꿈도 꾸지 않았죠. 소개팅에서 다다익선은 적용되지 않습니다. 오히려 다다익사(死), 나보다 넘치면 죽을 맛입니다.

위험한 판단
험한 순간

최악의 남자, 최악의 여자

흰 티에 청치마를 입은 여자가 누군가를 기다리고 있습니다. 흰 티에 청바지를 입은 남자가 멀리서부터 손을 흔들며 다가옵니다. 누가 봐도 커플입니다. 이제 막 스무 살이 된 듯한 풋풋한 커플은 좋아 죽겠다는 표정으로 손 자물쇠를 채웠어요. 앞도 보지 않고 서로를 보면서 꽃게처럼 걷습니다.

저렇게 해맑게 웃어본 지가 언제인지 모르겠습니다. '나도 저런 연애를 할 수 있을까?' 하고 푸념하던 중 소개팅남이 다가왔습니다. 188cm, 넓은 어깨, 굵은 하체까지 그는 한눈에 봐도 우람했습니다. 자신감 넘치는 눈빛과 중저음 목소리에 더 끌렸습니다. 그가 금방 좋아질 것 같은 예감은 틀리지 않았어요. 그후 함께하는 모든 데이트가 재밌었죠. 소개팅에 지쳐 데이트하는 것만으로도 행복했습니다.

그의 특이점은 대화의 절반이 과거형이라는 겁니다. "내가고1 때 우리 학교에서 말이야" 하고 고교 시절 3년 내리 반장이었던 자신을 회상했어요. 얼핏 일진 놀이 같았지만 '멀쩡한 직장잘 다니는 남자가 어릴 때 놀아 봤자 얼마나 놀았겠어' 하고 넘겼습니다.

데이트 중 처음으로 같이 술을 마셨습니다. 술기운을 빌려저는 한마디 했어요.

"오빠, 고등학교 이야기 지겨워. 차라리 군대 이야기를 해."

순간 공기가 멈췄고,

"아, 이 ×××이 뭐라는 거야."

그는 거친 욕설을 배설하며 테이블을 내리쳤어요. 술병이 바닥에 나뒹굴었습니다. 태어나 오줌 지리는 느낌은 그때가 처음이었어요. 그는 제게 1분간 상욕을 퍼부었습니다. 뒷골목에서 중고등학생들이나 할 법한 욕이었고 단전에서부터 술이 깼습니다. 그는 술만 먹으면 과거로 돌아가 거칠어지는 최악의 남자였습니다.

그런데 그보다 최악은 바로 저였어요. 그냥 눈 감고 싶었거든요. 1분만 빼면 그는 완벽하니까 제가 한번 잊으면 없어질 일이라 생각했어요. 조건도 좋은데 이성적으로 끌리기까지 한 이 사람을 그냥 만나고 싶었습니다. 소개팅에서 조건과 결이 모두 맞는 사람을 찾는 건 스피또에서 숫자와 그림이 다 맞는 것과 다름없어요. 이 사람을 놓치면 또 이만큼 소개팅해야 할까 봐 막막했습니다.

그러나 불현듯 TV 속 한 장면이 스쳤죠. 밀착 취재 프로그램에서 매 맞는 아내를 보도했고 기자가 피멍투성이 아내에게 괜찮은지 물었습니다. 아내가 하는 말이 "괜찮아요. 우리 남편 술만 안 먹으면 착한 사람이에요. 평소에 저한테 엄청나게 잘해 줘요. 나쁜 사람은 아니에요"였습니다.

그도 며칠 동안 "미안하다, 더 잘해 주겠다, 다시 잘 만나 보자"라는 말을 반복했습니다. 그러나 그가 몇 배로 잘해 주더라도 지난 한 방은 지워지지 않을 겁니다. 그의 입에서 "씨"만 나와도 저는 지릴 거에요. 60초가 60년이 될지 모르죠. 60초 덕분에 멀쩡한 게 명함뿐이었던 그를 잘 끊어냈습니다.

예쁜 지뢰를 만질 수밖에

연예인 타블로가 스탠퍼드 대학 출신인 것이 밝혀지자 사람들은 타블로가 하는 이야기마다 뭔가 철학적인 뜻이 있을 것이라 재조명했습니다. 앤디 워홀의 명언도 떠오르네요.

"일단 유명해져라. 똥을 싸도 박수쳐 줄 것이다."

저는 좋은 스펙을 좋은 사람이라 착각했습니다. 그 사람이 좋은 사람이었으면 하는 마음이 원흉이었어요. 조건을 까다롭게 확인할수록 나머지는 대충 좋을 대로 생각해 버렸습니다. 매칭에 지친 것도 한몫했고요.

소개팅남 B도 저와 비슷한 일을 겪었는데요. 그의 전 여자친구는 무척 예뻤습니다. '얼굴만큼 마음도 예쁘겠지' 하고 기대했는데 그건 그의 바람이었죠. 그녀는 사귄 지 일주일, 22일, 50일, 100일 등 모든 기념일을 챙겨 받는 사람이었습니다. 매번 비싼 선물을 원했고 부담스럽다고 말하면 자신을 사랑하지 않느냐고 토라졌대요.

놀랍게도 고작 빼빼로 데이 선물로 명품백을 요구했습니다. 더 놀라운 것은 그가 백에 빼빼로를 넣어서 선물했다는 겁니다. 그러나 백이 끝이었겠어요? 크리스마스가 되자 맥(Mac PC)을 요구하였습니다. 그는 한숨이 나와 달력을 넘겨보았대요. 크리스마스 다음은 연말, 그다음은 연초, 대망의 설날까지 달력에 빨간

날들이 무서워 헤어졌다고 합니다.

데이팅 앱에서 가장 주의해야 할 건 외모와 스펙이 주는 이미지였습니다. 지인 소개팅에선 주선해서 욕먹을 만한 인성을 애초에 걸러 주지만, 앱에는 스펙만 반반한 성격 파탄자가 지뢰처럼 숨어 있었어요. 제가 찾는 건 조건까지 좋은 사람이지 조건만 좋은 사람은 아니었고, 예쁜 지뢰를 조심해야 했습니다. 아무리 앤디 워홀이라도 똥에 박수칠 순 없을 거예요.

무한 매칭의

유혹

킵 & 패스

데이팅 앱은 탄수화물 같아요. 우리 연애에 꼭 필요한 요소라는 건 아니고요. 밥 먹으면 빵 먹고 싶고, 달콤한 빵 먹으면 얼큰한 라면 먹고 싶고, 라면 국물은 다시 밥을 말게 합니다. 앱도 항상 다음 카드를 기대하게 했습니다. 오늘 만난 사람이 괜찮아도 내일 카드가 더 좋을까 봐 감칠맛이 났습니다. 그러나 만남을 계속 킵(keep) 하거나 패스(pass) 하면 어떻게 될까요?

킵하는 상황부터 보겠습니다. 킵을 즐기는 사람들은 대부분 여러 명과 매칭해서 동시에 만납니다. 1위를 뽑아도 킵하고 또 다음 카드를 기다려요. 네 글자로 다중매칭입니다. 다중매칭 이용자는 항상 바쁘고(바쁜 척하고) 신중하게(애매하게) 행동합니다. 완벽한 한 명을 찾을 때까지 시간을 끌며 계속 재야 하니까요. 치밀하게 여러 명을 스페어타이어로 남깁니다.

앱 게시판엔 다중매칭 이야기가 많았습니다. 3명 중 누굴 선택할지 고민하는 글, 반대로 상대가 다중매칭 같다는 하소연이 올라왔어요. '매칭남 조의금은 얼마 해야 할까요?'라는 글을 클릭해 보니 '매칭남이 죽었는지 연락이 없다. 아무래도 다음 매칭녀와 잘된 것 같다'라는 슬픈 넋두리였죠.

결혼정보회사는 한 명과 정확히 끝나야 다음 사람을 소개해 줍니다. 지인 소개팅에서 동시에 여러 명과 소개팅한 사실이 발각되면 상도덕에 어긋납니다. 그러나 주선자가 없는 앱에서 다중매칭은 흔합니다. 지저분한 썸 부자도 많은 것 같아요.

다음은 패스 상황입니다. 첫 만남에 확신이 들지 않으면 상대를 가볍게 패스합니다. 다음 소개팅에서도 패스, 그다음 소개팅에서는 더 빠르게 패스, 그러다 보니 애프터 만남은 없고 새로운 만남만 쌓입니다. 패스가 습관이 된 이용자는 연애를 시작하기 어렵습니다. 새로운 카드가 상시 대기 중인 걸 믿고 뒷배로 남겨두면 관계에 대한 인내심이 떨어지거든요. 시작해도 금세 이별하고 쉽게 돌아옵니다.

킵과 패스가 누적되면 앱 중독으로 진화합니다. 여러분이 데이팅 앱을 시작했다면 하단의 문항을 통해 앱 의존도를 점검해 보기를 바랍니다. 앱 이용 경험이 없다면 문항을 읽으며 상황을 상상해 보아도 좋습니다. 문항은 알코올 의존도 테스트에서 변형했는데요, 앱과 술은 다르지 않습니다. 외로울 때 생각나고 적당히는 즐겁지만 과하면 해롭습니다.

데이팅 앱 의존도 자가 진단

구분	문항	체크
1	매일 앱에 접속한다.	
2	'한 명 얻어걸리겠지' 하는 마음으로 호감을 난사한다.	
3	양심의 가책 없이 다중매칭 한다.	
4	최근 3달 동안 한 번도 진지한 만남을 갖지 못했다.	
5	굳이 지인을 통해 소개받고 싶지 않다.	

※ 3개 이상 해당하면 앱 중독 초기, 모두 해당하면 앱 중독 말기라고 볼 수 있습니다.

앱에 중독될 수밖에

　서른 살의 저를 다섯 문장으로 표현하면 저 문항들입니다. 앱을 끊으니 차라리 탄수화물을 끊는 게 나았습니다. 저는 상대가 괜찮아도 관계를 시작하지 않았어요. '과연 이 사람이 나에게 최선일까?' 하고 고민했습니다. 그를 두고 소개팅을 더 했죠. 며칠 뒤 나은 선택지가 없었지만, 이미 그의 온도는 식어 있었습니다. 관계 시작에도 유효 기간이 있는데 그걸 놓친 겁니다. 앱을 시작할 땐 분명 한 명 찾아서 얼른 연애해야지 했었는데 이것저것 따지다가 좋은 사람들을 많이 놓쳤습니다.

　게다가 몇 달쯤 지나자 왔던 카드가 또 오더라고요? 제게 올 새로운 카드가 바닥난 모양이에요. 믿었던 소개팅 땔감마저 떨어져 앱에 주유등이 켜졌습니다. 이용 기간이 길어지자 30대 후반, 40대 초반으로 소개 범위도 넓어졌어요. 친구들 SNS에는 아기 돌 사진이 올라오는데 저는 데이팅 앱의 화석이 된 겁니다.

　중독 말기에는 앱을 기준으로 하루가 지나갔어요. 카드가 오는 시간에 손이 자석처럼 휴대폰에 끌려갔죠. 택배 배송 조회하는 설렘으로 1분 전부터 새로 고침 버튼을 계속 눌렀습니다. 카드가 뜨면 실눈으로 프로필을 읽어 내려갔고, 마음은 스피또를 긁을 때만큼 간절했습니다. 데일리 카드 상태가 그날 컨디션을 좌우했어요. 저는 카드 한 장에 일희일비하며 데이팅 앱의 노예가 되었습니다.

　가장 무서운 건 가벼운 만남으로 전락하는 일입니다. 소개팅남 C의 이야기입니다. 그는 앱으로 그녀를 만나 불같이 연애하고 상견례까지 마쳤습니다. 신혼집도 알아보고 결혼식장도 계약했습니다. 그녀의 휴대폰으로 함께 청첩장 샘플을 찾아보는데 익숙한 알람이 떴다고 합니다. 파티 알람입니다. 그녀는 그와 결혼을 준비하며 다른 남자와 파티를 즐기고 있었습니다.

　애인이 생겼는데도 앱을 끊지 못한 건 이용 목적이 가벼운 재미, 쾌락으로 변질되었기 때문 아닐까요? 처음부터 그런 만남을 즐기려 앱을 쓰는 사람도 있지만, 반대로 앱에 중독되어 마음이 가벼워지는 상황도 있습니다. 이쯤 되면 결혼해도 앱을 찾을 것 같네요.

MATCH ♥5
소개팅 리셋

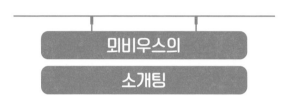

뫼비우스의
소개팅

소개팅 봇 ON

봄에는 소개팅을 즐겼습니다. 낯선 남자를 만나는 시간이 설
렜어요. 그들의 이야기가 직장인 브이로그 같아서 대화하는 재
미도 쏠쏠했죠. 여름부턴 슬슬 연애하고 싶었지만 그럴수록 쉽
지 않았습니다.

그래서 시도한 것이 인해전술입니다. 전투적으로 남자를 만
났어요. '여러 남자 만나면 그중의 한 명은 내 인연이겠지' 하는
기대로 제 삶에 소개팅을 들이부었습니다. 데이팅 앱의 무한 매
칭 덕분에 가능한 일이었죠.

그 결과 소개팅 봇이 되었어요. 월화수목금토일 모든 날이 월개팅부터 일개팅이었습니다. 지금 연락하는 남자가 어제 만난 사람인지 그제 만난 사람인지 헷갈릴 지경이었죠. 아침에 눈 뜨면 앱에 접속하는 일이 기지개였어요. 숨 쉬듯 소개팅했고, 어떨 때는 하루 네 번도 했습니다.

1일 4타 만남이 어떻게 가능하냐고요? 하루를 점심 식사, 식후 커피, 저녁 식사, 가볍게 술 한 잔으로 나누고, 같은 이야기를 4번 반복하면 되었습니다. 반복 말하기는 소개팅 봇의 기본 기능이니까요.

가을이 되자 소개팅 봇은 한층 업그레이드 되었습니다. 우선 취미 활동을 멈췄어요. 언제든 소개팅할 수 있도록 시간을 비워 놓았습니다. 제 삶은 오직 소개팅을 위해 쓰였어요. 친구를 만나지도, 추석에 고향에 가지도 않았죠. 평범한 일상은 사라졌고 소개팅만 가득했습니다. 메시지에 "안녕"만 입력해도 "안녕하세요. ○○○입니다. 반갑습니다"가 자동 완성되었어요. 첫 만남에 흔히 하는 질문에는 목사님 성경 구절 외우듯 달달 답했습니다. 계절별 소개팅 착장은 물론이고 첫 만남 전용 복장, 애프터 전용 복장 등 단계별 소개팅 교복까지 생겼습니다.

단군 신화에서 백일 간 마늘과 쑥만 먹은 곰이 이런 마음이었을까요. 몇 달간 소개팅만 하니 사는 게 징글징글했습니다. 저도 마늘과 쑥을 먹고 연애할 수 있다면 차라리 그러고 싶었어요. 곰은 웅녀가 되었지만 저는 앱에 박힌 고인돌이 되었습니다. 매주 복권 사는 마음으로 소개팅을 나가 봤자 답은 정해져 있었어요. 복권의 꽃말은 '다음 기회에'입니다. 잠이 오지 않는 밤이면 생각이 꼬리를 물다가 자기 비난으로 이어졌습니다.

'왜 아무도 나를 좋아해 주지 않을까. 왜 아무도 나를 알아봐 주지 않을까. 쥐뿔도 없는 내가 재는 것이 재수 없을까. 그 꼴이 우스워 하늘에서 벌주시는 걸까?'

외로워서 하는 소개팅인데 하고 나면 더 외로웠어요. 못 견디게 힘들 때는 앱 게시판에 들어갔습니다. 그곳엔 저만큼 힘든 사람이 많았고, 동지애를 나눌 수 있어 저의 힐링 캠프가 되었습니다.

"소개팅은 많이 한다고 스펙이 되는 것도 아니고 확률이 높아지지도 않고 기만 빨림"

"데이팅 앱 처음엔 달콤했는데 이젠 죽을 맛…"

"3년째 소개팅 쳇바퀴 돌리다 정신병 올 것 같음"

"검은 머리 파뿌리 될 때까지 함께할 사람을 찾다가 지금 당장 피뿌리 될 듯"

(축) 소개팅 100회 돌파

백번째 소개팅이었어요. 약속 장소에 매칭남으로 추정되는 남자가 멍하니 서 있습니다. 소개팅 봇끼리는 말하지 않아도 압니다. 우리는 별 기대 없는 영화의 재생 버튼을 누르듯 인사했습니다. 영화 대사인 줄만 알았던 "그쪽 아버지는 뭐 하세요?", "집에 모아 놓은 돈은 얼마나 돼요?"라는 질문을 만난 지 10분 만에 들었습니다. 그런 질문이 처음은 아니지만, 뉘앙스라도 조심스러웠다면 덜 당황했을 것 같아요. 우리 대화는 스펙을 계산할 수 있는 x값만 쫓아다녔습니다.

집에 오는 길 편의점에서 맥주를 샀습니다. 계산대 앞에서 찍- 바코드 찍히는 소리를 듣는 순간 문득 '나는 얼마일까?' 하고 생각했어요. 제 몸 어딘가에 바코드가 찍혀 있는 것 같았죠. 값을 매기고 매김을 당하는 소개팅 시장에 저를 내놓고 있는 걸 부정할 수 없었습니다. 소나 돼지도 아닌데 부위별로 여기는 몇 점 플러스, 저기는 몇 점 마이너스 채점되고 있었어요. 제가 계산한 만큼 평가당해야 했습니다.

헤어진 남자친구가 보고 싶었어요. 그는 저를 있는 그대로 사랑해 주었고, 우리 아버지가 뭘 하는지, 집에 모아 놓은 돈은 얼마인지 묻지 않았죠.

그의 메신저를 검색했습니다. 1년간 한 번도 염탐하지 않았는데 그날은 참을 수 없었거든요. 그는 이미 새로운 사랑을 시작하고 있었어요. 심지어 그 여자는 저보다 예쁘네요. 이런 속도라면 곧 청첩장 사진, 아기 돌 사진이 올라올지 모르겠습니다. 그것을 목격할 순간이 두려운 소개팅 봇은 그의 번호를 삭제 처리했습니다.

친구들은 소개팅에서 힘을 빼라고 충고했어요. 눈 낮춰서 만나다 보면 정이 붙는다며 소개팅 계의 슬픈 전설까지 읊어 줬죠.

"아무나 만나지 않으면 아무도 못 만난다."

그런데 어떻게 아무나 만나겠어요. 저는 결혼할 사람을 찾고 있고 이건 제 인생인걸요. 입으론 더 소개팅하기 싫다고 말하면서 손은 매칭 카드를 뒤집고 있었습니다. 소개팅을 그만하려면 소개팅을 더 할 수밖에 없었어요. 그야말로 뫼비우스의 소개팅을 빙빙 돌았습니다. 신문을 보니 결혼할 사람을 정해 주는 종교가 있다는데 차라리 그곳에 입교하는 편이 나을 지경이었습니다.

마침표 찍기 전에
쉼표부터

지나친 소개팅은 건강에 해롭습니다.

영화 〈블랙 스완(2011)〉에서 주인공이 화이트 스완에서 블랙 스완으로 바뀌는 장면이 있습니다. 저는 당시 소개팅 누적 100회, 실패율 100%였습니다. 온 시간을 소개팅에 쏟고 있는데 실패의 연속이었어요. 제 마음도 지침에서 미침으로 흑화했습니다.

삶의 배경음악이 급격하게 단조로 바꼈어요. 집에 돌아가면 아무도 없고 어차피 내일도 똑같을 하루였습니다. 아침에 눈을 뜨면 하루가 심란했죠. 사는 게 아니라 살아내고 있었어요. 속이

하도 답답해서 러닝머신을 최대 속도로 맞추고 달리고, 샤워하며 악도 질러 보았습니다. 그럼 며칠은 괜찮다가 버거운 감정이 또 올라왔어요. 꾹꾹 누르다 왈칵 터지면 주저앉아 쏟아냈습니다. 계속 어긋나는 상황에 마음이 홍시처럼 물러져서 걸핏하면 눈물이 터졌습니다.

남 보기에 오버스럽다고 생각할 수 있지만, 제 마음은 결혼을 상상하며 적어도 50번 이상 소개팅해 봐야 이해할 애처로움입니다. 어디서부터 잘못된 건지, 남들 다 하는 연애가 나는 왜 이렇게 힘든지, 숨은 사람 없는 숨바꼭질의 술래가 되었습니다.

소개팅하며 5kg 가까이 살이 빠졌고 하혈을 경험했죠. 병원에서는 스트레스가 원인이라 했습니다. 수능을 앞두고 해 봤던 하혈인데, 솔직히 전 그때보다 더 힘들었습니다. 아무리 친한 친구를 만나도 이만큼 힘들다고 말할 수는 없었어요. 연애를 갈구하다 무너진 꼴을 들키고 싶지 않았거든요. 짝이 있는 친구는 안 만나고 싶은 찌질함마저 생겼고 후배 결혼을 축하할 여유도 없었습니다. 스스로 만든 소개팅 지옥에 갇혀 살았어요.

소개팅 봇 일시 정지

지는 지인의 메시지 덕분에 정신을 차렸습니다. 그녀는 데이팅 앱에서 만난 남자와 결혼 날짜를 잡았어요. 청첩장을 받고 집에 가는 길, 청첩장 세 글자가 무거워 어깨에 힘이 빠졌습니다. 결혼은 둘째치고 결혼할 사람을 만났다는 것 자체가 부러웠습니다. 그때 메시지가 왔어요.

"힘들지? 지쳐도 지친 상태로 계속해 봐. 나는 이제껏 매칭된 남자만 200명이 넘어. 손목에 건초염이 올 때까지 스와이프(터치스크린에 손가락을 댄 상태로 화면을 쓸어 넘기는 일. 데이팅 앱에서 프로필이 마음에 들면 오른쪽, 마음에 들지 않으면 왼쪽으로 스와이프합니다)했다."

그야말로 공포였습니다. 소개팅을 100번 했는데 여기서 더 해야 한다고? 내년에도 똑같은 옷을 입고 똑같은 힐을 신고 똑같은 말만 반복할 걸 상상하면 끔찍했습니다. 과연 이 상태로 횟수만 더한다고 무엇이 달라질지 의구심이 들었어요.

현재 솔로 상태가 지금까지 소개팅이 잘못되었다는 걸 증명했습니다. 저는 진중히 인연을 찾기보다 주어진 시간에 소개팅을 욱여넣고 있었어요. 서른이 끝나간다는 생각에 가을부터 박차를 가했습니다. 결혼 적령기 남녀는 연말이 다가올수록 조급해집니다. 실제로 데이팅 앱 이용자가 가장 많은 계절도 겨울이에요(이하린, 2019). 12월엔 하루하루 할증이 붙는 기분이라 한 살

더 먹기 전에 한 번이라도 더 소개팅하려 합니다.

그러나 음식점도 양으로만 승부 보면 손님을 놓칩니다. 제가 만약 소개팅 초반으로 돌아갈 수 있다면 무식하게 인해전술을 시도하지 않을 겁니다. 인해전술에 남는 건 피폐한 몸과 마음뿐이었으니까요. 인연을 맞이할 건강한 자세를 세팅하고 좋은 사람을 놓치지 않을 겁니다. 지금은 늦어도 이미 한참 늦었지만 앞으로 해야 할 소개팅 중에선 가장 빠르고 산뜻한 시기라 생각했어요.

그나마 소개팅 봇에서 소개팅 좀비로 타락하기 전에 소개팅을 멈췄습니다. 앱에서 휴면 버튼을 누를 때 '오늘 카드는 유난히 괜찮은데?' 하고 주춤했지만 원래 다이어트도 내일부터 하면 망하는 거잖아요. 내일이 되면 모레를 기약하고 모레가 되면 '몰라~' 합니다. 시작이 빠를수록 변화가 쉽습니다.

소개팅을 멈춰야 비로소 리셋 버튼이 보였어요. 만약 여러분이 데이팅 앱을 시작했고 소개팅 실패가 연속 10회 이상 누적되었다면, 우선 멈추고 지난 소개팅에서 잘되지 못한 이유를 생각해 보세요. 저는 가끔 혼자 보는 일기장에도 거짓말을 합니다. 그래서 종이에 적지 않고 머릿속으로 정리했어요.

'왜 매칭에 실패했을까, 왜 애프터 만남이 내키지 않았을까, 왜 썸에서 끝났을까, 도대체 내 문제가 뭘까.'

이어지는 '소개팅 금쪽 상담소'를 참고해도 좋습니다. 새집에 들어갈 때 몇 주에 걸쳐 싹 리모델링을 하듯, 허탕만 치는 헛개팅도 재정비 기간이 필요합니다. 이 과정을 생략하고 '우린 인연이 아니었나 봐', '바보! 내 매력을 못 알아보는군' 하고 합리화한다면? 운에 맡기고 꿋꿋이 인해전술을 시도한다면? 이번 생에 연애와 결혼을 포기했다고 봐야죠.

저는 1년 뒤에도 먹이를 찾는 하이에나처럼 데이팅 앱을 어슬렁거리기 싫었어요. 손목에 건초염 오면 어떡해요. 몸도 마음도 건강해지고 싶었습니다. 저는 소개팅을 끝내기 위해 소개팅부터 멈췄습니다.

소개팅 금쪽 상담소

어쩌다 금쪽이

우리가 왜 지금까지 솔로인지 생각해 봅시다. 뭘 이렇게까지 해야 하나 싶지만, 소개팅을 졸업하고 싶다면 이렇게까지 해야 합니다. 만약 '나는 완벽하게 마음에 드는 사람 아니면 안 만날래. 혼자 살아도 좋아'와 같이 적당한 마음이면 안 해도 됩니다. 간절하게 인연을 찾는 사람들만 함께해 봅시다. 우리는 잠시 소개팅 금쪽이입니다.

다음의 소개팅 점검표에는 데이팅 앱, 첫 만남, 애프터 만남 3단계가 나와 있습니다. 호감 상황은 나만 좋아했거나 둘 다 좋아했거나 상대만 좋아했거나 셋 중 하나입니다. 서로 호감이 없었던 상황은 제외하겠습니다.

데이팅 앱부터 단계별로 가장 많았던 상황에 동그라미를 표시해 보세요. 데이팅 앱 경험이 없는 사람은 첫 만남 시기부터 표시하면 됩니다.

소개팅 점검표

호감 \ 단계	데이팅 앱	첫 만남	애프터 만남
나 → 이성	호감을 보냈는데 맞호감이 오지 않았다	나만 애프터 만남을 원했다	나만 연애하고 싶었다
나 ⇄ 이성	매칭 성공	함께 애프터 만남을 약속했다	커플 예정
나 ← 이성	호감이 왔는데 맞호감을 보내지 않았다	그·그녀의 애프터 제안을 거절했다	그·그녀의 고백을 거절했다

금쪽 탈출을 위한 팩폭

　동그라미를 표시하였나요? 벌써 소개팅 리셋 절반 성공하였습니다. 문제는 발견하는 것이 어렵지, 발견해서 개선하면 문제가 아닙니다. 전반적으로 두루두루 해당되어 표시하기 어렵다면 다음의 내용을 읽으며 와닿는 부분을 찾아보길 바랍니다. 우선 호감 상황을 하나씩 살펴보겠습니다.

○ 나 → 이성, 나만 좋아했다면

먼저 앱에서 헛물켜는 상황이라면 시작부터 난관이라 가장 속상할 것 같습니다. 그러나 둘 중 하나입니다. 외로운 탓에 얼 어걸리길 바라는 마음으로 호감을 난사하거나 지나치게 상향해 서 표현하고 있거나.

낚시도 냅다 찌를 던지지 말고 포인트 구역을 찾아야 합니 다. 무분별한 호감 표현을 멈추고 차라리 오는 호감 중에서 맞호 감을 보내세요. 스스로 호감 난사를 멈추기 어려울 땐 일주일에 보낼 수 있는 호감의 수를 제한하는 앱을 이용해 보세요. 반대로 1일, 10일, 30일 무제한 호감권은 위험합니다. 저도 결제해 봐서 아는데, 1회권이 5천 원이고 10일권이 5만 원이면 열흘 내내 하 루에 한 명 이상에게 보내야 할 것 같잖아요. 기간권을 결제하면 이상하게 매력적인 카드가 덜 오지만 돈이 아까워서 난사하게 됩니다.

다음으로 첫 만남 후 연락이 끊겨 아쉬운 상황입니다. 만나 서 크게 실수하지 않은 이상 애프터 만남의 결정적 요소는 외모 가 아닐까요? 소개팅에서 외모부터 눈에 띄는 건 어쩔 수 없습 니다. 보통 외모가 마음에 들면 대화가 어색했더라도 한 번 더 만나 보려 합니다. 자, 그럼 답은 간단합니다.

　외적으로 가꾸는 노력은 비교적 쉽다고 생각합니다. 이제 와서 수능을 다시 보는 건 쉽지 않습니다. 이직도 마찬가지고요. 로또에 당첨되는 건 천운이나 마찬가지입니다. 즉 학벌, 직업, 자산 같은 조건 변화가 더 어렵습니다. 물론 외모 변화에는 한계가 있습니다. 바꿀 수 없는 부분은 안고 가되, 다른 매력을 키워야 합니다. 저는 키가 큰 편이 아니라 운동을 열심히 했고, 체형의 단점을 가리고 장점을 부각하는 옷을 찾아 입었어요. 평소에 안 신던 하이힐도 몇 켤레나 샀습니다. 피부가 정돈되지 않았을 땐 피부과에 갔습니다. 양파도 그냥 양파와 깐 양파의 가격이 다릅니다. 남자들은 비비크림을 옅게 발라 보세요. 하다못해 눈썹 정리라도 하면 인상이 확 달라집니다. 향수도 좋은 아이템입니다.

　마지막으로 나만 연애하고 싶었다면 내가 관계를 지속할 만큼 매력적이지 못했다는 뜻입니다. 연애하려면 자기반성과 자기계발을 잘해야 합니다. 대화가 끊기면 안 된다는 생각에 내 이야기만 쏟아내지 않았나요? 지푸라기라도 잡는 심정으로 연애 서적과 칼럼을 읽어 보세요.

　매력적인 이성을 만나고 싶으면 그 시작은 내 매력을 가꾸는 것부터입니다. 소개팅을 일곱 글자로 늘리면 '끼리끼리 만난다'라고 하죠. 나를 있는 그대로 좋아해 주는 사람을 만나고 싶다고요? 피를 나누지 않는 이상 찾기 어렵습니다. 아무런 노력을 하지 않으면서 누군가 내 진가를 알아봐 줄 것이라 기대하면 삶이 외로워집니다.

○ 나 ⇄ 이성, 서로 좋아했다면

긍정적인 상황입니다. 앱에선 '적중률이 높다', 첫 만남에선 '좋은 인상을 남겼다', 그래서 곧 연애를 시작할 수 있다는 신호입니다. 가장 좋은 경우는 앱에서 애프터 만남으로 갈수록 호감 교류가 많은 상황입니다. 반대로 갈수록 적어졌다면 온라인에서 오프라인으로 넘어오는 과정이 매끄럽지 않았다고 볼 수 있습니다.

그래도 전반적으로 호감 교류가 많았던 사람들은 연애에 가까워지고 있습니다. 구태여 개선하는 것보다 소개팅 횟수 더하기를 추천합니다. 새로운 데이팅 앱을 찾아 소개팅 풀을 바꿔 봐도 좋습니다.

○ **나 ← 이성, 상대만 좋아했다면**

쉽게 말해 콧대가 높은 상황인데요. 사실 화살표 방향이 반대인 상황도 눈이 높은 상황이라 비슷합니다. 일방적 화살표에 체크했다면 본인만 마음을 열면 됩니다. 쉽게 말해 눈을 낮추라는 소리? 맞습니다. 그런데 어디서 많이 들어본 이야기죠.

"눈 좀 낮춰. 우선 더 만나 봐. 만나다 보면 좋아져."

저도 지겹도록 들었습니다. 그때마다 '눈을 어디까지 낮춰야 해? 별로였는데 또 만나라고? 더 만난다고 좋아질까?' 하고 의문이 들었어요. 단순히 주변 충고만으로 우리 솔로의 마음을 바꿀 수 없습니다. 오랜 소개팅 패턴이 관성으로 굳어져 문제를 인지해도 단번에 변하기 어렵거든요.

저는 제가 시작한 소개팅이니 제힘으로 끝내고 싶었어요. 스스로 납득할 수 있을 때까지 왜 눈을 낮춰야 하고 어떻게 낮출 수 있는지, 왜 더 만나 봐야 하고 어떤 마음으로 다시 만나면 좋을지 자문자답했습니다. 저의 뫼비우스 소개팅을 끊어준 리셋 3단계를 소개합니다.

1단계

눈높이 다이어트

하기 싫어도 다이어트

데이팅 앱은 이상형에 근접한 사람을 찾아 주는 서비스지 이상형을 맞춤 제작해 주는 곳은 아니었어요. 부동산도 매물을 연결해 주지 집을 만들어 주진 못하잖아요? 앱은 온라인 공간이지만 가상 현실이 아닌 현실이었고, 눈높이를 현실 수준으로 조절해야 했습니다.

특히 제가 경험한 30대 소개팅엔 등가교환의 법칙이 적용되었습니다. 넘치면 누리려 하고 부족하면 메우게 되었죠. 제가 상대보다 부족했을 땐 눈에 보이지 않는 무엇이라도 희생해야 했습니다. 글에서 언급한 S급 남자와의 연애에서 저는 그에게 대화 소재까지 맞추는 짠 내를 풍겼습니다.

돌이켜 보니 조건은 소금, 끌림은 설탕이었어요. 설탕은 많을수록 달콤해도, 소금은 왈칵 쏟았다간 연애에서 짠 내가 났습니다. 염분 빼고 당도 높은 만남을 원한다면 반성과 변화가 필요했어요.

저는 솔직하게 내놓고 생각해 보았습니다.

'지난 소개팅에서 내가 좋아했던 이성이 나를 그만큼 좋아했는가? 반대로 나를 좋다고 한 이성에게 내가 만족했는가?'

제가 확실하게 표현하면 상대는 애매하게 행동했고, 상대가 적극적이면 제가 주춤했습니다. 제게 필요한 것은 자기 객관화, 쉬운 말로 주제 파악이었습니다. 이 과정은 대학 입시와 비슷합니다. 수험생은 수능 결과로 대학을 지원합니다. 내 점수에 그 대학이 상향 지원인지 하향 지원인지 알 수 있듯, 호감을 표현할 때 내 스펙에 상대가 모험인지 안전한 선택인지 짐작할 수 있었습니다.

조금 세게 이야기해 볼게요. 연애도 결혼도 일종의 거래입니다. 3급수에 사는 물고기가 1급수에서 살 수 있어도, 1급수에 사는 물고기는 3급수에서 못 삽니다. '상향혼', '하향혼' 영어로

'marrying up', 'marrying down' 이런 단어가 괜히 있는 것이 아닙니다. 저는 눈에 현실 필터를 끼우고 제 눈높이와 원만한 합의를 시도해 보았습니다. 무작정 눈을 낮추는 게 아니라 균형 잡힌 시선을 찾아야 했습니다.

다이어트 비법

    다이어트의 핵심은 지방 분해와 군살 제거입니다. 저는 삐죽삐죽 튀어나온 조건을, 소개팅을 끝내지 못하는 족쇄로 인정했어요. 이상형 조건을 분해하고 군살을 제거해야겠죠. 먼저 현실적으로 포기할 수 없는 부분과 포기되는 부분을 구분했어요. 가장 중요한 작업인 동시에 가장 난이도가 높았습니다. 아마 살 1kg 빼는 것보다 조건 1개를 지우는 게 더 힘들 겁니다.

    포기 못하는 부분엔 저만의 최소 기준을 세웠어요. 예를 들어 외모면 외모에도 얼굴, 키, 체형, 비율 등이 있습니다. 키가 작아도 비율이 좋으면 괜찮아, 얼굴이 내 스타일 아니더라도 전체적인 체형이 훌륭하면 좋아 등 군살을 털어냈어요.

    다이어트 최대 적은 누가 뭐라 해도 맛있는 음식입니다. 맛있을수록 고칼로리죠. 맛에 칼로리가 붙듯 이상형 조건에도 값이 붙었습니다. 예를 들어 그·그녀의 연봉이 높다? 그들은 시간이 곧 돈이라 연인과 보낼 시간이 없습니다. 연봉이 높은데 시간까지 많다? 사회에서 자리 잡았다는 뜻이고 그들은 결코 젊음이 없습니다. 돈, 시간, 젊음 모든 것을 다 가졌다? 그냥 재수가 없을지 모릅니다. 설사 재수가 있더라도 그들과 만나는 동안 우리 연애에 여유가 없을 겁니다.

공짜 조건에 더불어 공짜 매력도 없습니다. 그·그녀의 외모가 출중하면 다른 이성의 유혹이 많습니다. 섹시한 복근을 가졌다면 금요일 치맥 데이트를 포기해야겠죠. 취미 부자라 매력적이면 막상 나와 함께할 시간이 적을지 모릅니다. 성격이 세심하면 내 작은 잘못에 인색하고, 화끈한 성격은 싸울 때 공포로 다가올 수 있습니다. 모든 건 빛나는 만큼 그림자가 있었습니다. 영양성분표에서 열량을 확인하듯 조건을 따질 때 그 값이 얼마일지 계산했습니다. 후폭풍이 무서운 프로필을 피할 수 있었어요.

그리고 소모할 수 있는 칼로리만 섭취하면 살은 저절로 빠지잖아요? 감당할 수 있는 조건만 취하면 제 눈이 자동으로 제 위치를 찾아갈 거라 생각했습니다. 저는 확실한 다이어트를 위해 제 그릇을 마주했어요. 내 그릇이 내가 원하는 조건을 담을 수 있는지, 적나라하게 말하면 내 조건이 내 욕망을 뒷받침하는지 자체 검열했습니다.

다이어트 전문업체의 감량 전후 사진을 떠올려 보세요. 검정 쫄쫄이를 입고 카메라 앞에 섭니다. 소개팅을 끝내려면 나와 상대를 비교할 것이 아니라, 내 욕망과 내 조건을 비교해야 했습니다. 내가 이 정도를 따질 만한 수준인지 제3자가 되어 평가했습니다.

구체적으로 이렇게 생각했어요. 사회생활에서 인사치레로 주고받는 칭찬에 나를 과대평가하지 않았는지, 우리 딸 최고라는 고슴도치 사랑을 집 밖에서 적용하지 않았는지, 익숙해진 거울 속 나를 후하게 보지 않았는지, 남자가 무엇을 보고 나와 사귀고 결혼할 수 있을지, 남 보기에 아쉬운 점을 무엇으로 커버하고 있는지, 내 연봉과 연금은 어느 수준인지, 결혼 시장에서 나는 과연 몇 점짜리 여자일지 생각했습니다. 끝으로 내가 바라는 이성의 이상형이 과연 나일지 생각해 보았어요. 그럼 내 마음이 욕심인지 아닌지 감이 왔습니다. 당연히 저를 갈고 닦는 일도 중요했어요. 스스로 빛나는 태양은 그림자가 없잖아요. 자기 관리와 자기 계발은 값을 치를 필요 없이 다다익선이었습니다.

30대는 모르는 게 약이 아니라 아는 게 힘입니다. 저는 저를 뜯어보고 나서야 모든 것이 명쾌해졌습니다. 고교 시절 국어에서 글의 주제 찾는 문제는 거저 주는 문제였는데, 서른 살 결혼 시장에서 주제 파악은 상당히 오래 걸렸습니다.

다이어트 전후 비교

모델 이소라가 인생은 다이어트 전과 후로 나뉜다고 했던가요. 저는 그동안 스펙이 좋아 시작하고 마음이 생기지 않아 끝낸 경우가 절반 이상이었습니다. 스펙이 샐러드면 감정은 드레싱이었어요. 샐러드가 아무리 신선해도 소스가 없으면 풀때기에 불과하잖아요. 스펙이 아무리 좋아도 끌림이 없으면 그 사람이 제 사람으로 소화되지 않았습니다.

저는 스펙 집중 공략 다이어트를 진행했습니다. 그 결과 이상형 스펙트럼이 넓어졌고 여러 매력에 집중할 수 있었습니다. 한 마디로 소개팅이 여유로워졌어요.

주변에 다이어트 성공 사례가 꽤 많습니다. 지인의 이상형은 어깨가 넓고 덩치 큰 남자입니다. 이를테면 마동석처럼 외적으로 남성성이 강한 스타일이요. 세상에 마동석 같은 스타일은 드물어서 그런 사람을 만나면 더 따지지 않고 바로 직진합니다. 처음에는 다 좋다고 해 놓고, 만나다 보면 아쉬운 능력이 보이고 성격이 안 맞고 말투까지 거슬려 합니다. 그녀는 항상 오래가지 못해요.

마동석의 문턱을 낮춘 그녀는 연애사 중 가장 오랜 연애를 지속하고 있고요, 나이 제한을 푼 지인은 곧 결혼합니다. 소개팅이 연애의 모의고사라면 3점짜리 문제 하나를 붙잡고 있는 것보다 1점짜리 문제 3개를 해결하는 게 승률이 높았습니다.

개복치 소개팅

지인의 이야기입니다. 그녀는 토요일 오후 4시 카페에서 소개팅을 했습니다. 커피를 마시며 두 시간쯤 지났고 남자가 말했어요.

"이제 식사하러 가실까요?"

"좋아요. 같이 찾아볼까요?"

지인이 근처 맛집을 검색하자 남자는 말했어요.

"네? 밥은 집에서 드셔야죠."

지인은 소개팅에서 밥도 안 먹은 건 처음이라고 황당해했습니다. 그런데 주말 오후 4시 소개팅은 어떤 뜻일까요? 4시는 카페에서 만나 마음에 들면 저녁 식사를 하고, 그렇지 않으면 집에 가면 되는 시간입니다. 커피 마시는 한두 시간 동안 저녁까지 먹을 사람인지 판단을 끝낼 수 있다는 뜻입니다.

그래도 2시간은 양호합니다. 기사를 보니 요즘 10분 소개팅이 유행이라고 합니다(유채연, 2022). 직장인들은 점심시간에 카페에서 10분에서 30분 정도 대화하고 애프터를 결정합니다. 그들은 이렇게 설명해요.

"딱 보면 여러 번 만나고 싶은 상대인지 각이 나와요."

"밥 먹으며 시간을 보낸다고 소개팅 결과가 달라지지 않습니다."

"분위기 좋은 식당에 가면 10만 원은 우습게 나가는데 커피 값은 만원이면 됩니다."

저는 '개복치'라는 물고기가 떠올랐습니다. 개복치는 별거 아닌 이유로 죽습니다. 이를테면 아침 햇살이 강력해서, 바다가 추워서, 많이 먹어서, 물 위로 점프했다가 수면에 부딪혀서, 심지어 앞에 물고기와 부딪칠 걸 예감하고 스트레스 받아서, 옆 개복치가 사망한 것에 충격받아서 생을 마감합니다. 급하게 끝난다는 점에서 4시 소개팅, 10분 소개팅과 비슷합니다.

속성 소개팅이 인기 있는 이유는 투자 대비 효율적이기 때문입니다. 사람은 자세히 보아야 예쁘고 두고 보면 좋아질 수 있지만 그럴 여력이 없다는 뜻입니다. 소개팅은 많은 에너지를 소모하는 활동인데요, 특히 30대가 되면 소개팅에 쓸 수 있는 에너지가 개복치 수준으로 떨어집니다. 돈, 시간, 마음을 써가며 더 만날 가치가 있는가에 관한 판단이 빨라지죠.

그리고 소개팅에서 남자가 밥을 사는 경우가 많은데 다시 안 볼 생각이면 솔직히 그 돈도 아까울 것 같습니다. 앱개팅은 지인 소개팅에 비해 자주 하는 데다 주선자도 없으니 더욱 그렇지 않을까요? 앱으로 만난 사람 중 먼저 계산하더니 절반을 보내 달라 말하는 사람도 있었고, 앱 게시판에 '헛개팅에 쓴 밥값으로 삼성전자, 카카오 주식이나 살걸' 같은 이야기가 많아서 저도 커피가 편했습니다.

돈도 돈이지만 시간이 아까웠거든요. 저는 소개팅에서 제가 찾는 사람인지 빠르게 자료를 취합했고 결론 도출은 한 시간이면 충분했어요. 개복치가 사람으로 태어나 소개팅하면 제가 아니었을까요? 저는 그야말로 소개팅 개복치였습니다.

개복치 반성

개복치 소개팅으로 단기간에 많은 사람을 만날 수 있었습니다. 하지만 1명을 오래 살펴보기는 어려웠습니다. 10분 소개팅에서 정말 10분 안에 각이 나올까요? 저도 타인을 볼 때 1시간이면 대충 느낌이 오고 더 볼 필요가 있을까 싶었습니다. 하지만 반대로 타인이 나를 볼 때 1시간이면 될지 생각해 보면 다릅니다. '고작 1시간 봐 놓고 어떻게 날 판단할 수 있어?' 싶습니다. 특히나 백년해로할 사람을 찾는데 10분은 말이 안 되죠. 10분만 보고 알 것 같으면 10년씩 살고 이혼은 왜 하겠어요.

그리고 속성 소개팅에선 될 이유보다 안 될 이유를 찾게 되었습니다. 이사하려고 집을 보러 다닐 때도 1분 안에 구경하고 나가야 하면 눈에 불을 켜고 문제없는지부터 확인하잖아요. 특히 저 같은 30대 솔로에겐 상대와 만나도 될 이유보다 안 될 체크 리스트가 많습니다. 이런 남자 조심해라, 이런 여잔 절대 만나지 마라 등 주워들은 카더라 통신이 넘치죠. 저는 온갖 걱정을 끌어와 빠르게 아쉬운 점을 발굴했고 '우리는 좋은 인연이 될 수 없겠다'라고 결론 내렸습니다.

부끄럽지만 제 소개팅은 원아웃 시스템이었어요. 빠른 판단을 위해 아닌 부분을 발견하면 마음속에서 그 사람을 바로 아웃시켰습니다. 낚시가 취미란 말에 외로운 주말을 상상하며 아웃

시킨 적도 있고, 3대 독자 외동아들이란 말에 부담을 느끼고 지레짐작 아웃시킨 적도 있습니다. 머리에 빨간불이 들어오면 그 사람을 더 알아볼 마음이 증발했어요.

저는 소개팅 횟수를 늘려야 이상형에, 연애에 가까워질 것이라 착각했습니다. 그래서 매칭을 쌓고 대기 중인 소개팅을 효율을 따져 빠르게 해치웠습니다. 도장 깨듯 소개팅했더니 제게 남은 결과는 없었어요.

개복치 피하기

개복치 중에서도 상 개복치였던 사람으로서, 소개팅에서 개복치 피하는 방법을 정리하면 다음과 같습니다. 데이팅 앱에서 크고 작은 개복치들 많이 봤고, 동족이라 잘 압니다. 머리꼬리 다 자르고 이야기하겠습니다.

앱에 가입하면 초반에 호감 표현이 많이 옵니다. 호감 안에는 보내 놓고 까먹는 가벼운 호감부터 종일 맞호감을 기다리는 진지한 호감이 있습니다. 그 안에서 진정성 있는 호감을 찾으세요. 빛 좋은 개살구 같은 호감은 거르세요. 개살구와 매칭해 봤자 어차피 두 번 못 만납니다. 일단 찔러 보는 개복치들 호감에 둘러싸여 공주 행세, 의자왕 놀이하다 좋은 사람 놓치지 말고 제대로 된 한 명을 찾아서 얼른 데이팅 앱을 나가길 바랍니다.

그리고 심기일전으로 나온 사람을 잡으세요. 만나면 나와 잘 만나 보려고 나온 사람인지, 나를 ○×로 판단하려고 나온 사람인지 알 수 있습니다. 만나기 전후로 온라인 대화도 눈여겨보세요. 같은 질문만 반복하는 사람, 내 이야기를 기억하지 못하는 사람은 다중매칭 이용자일 확률이 높습니다. 다중매칭 이용자는 개복치의 피가 흐릅니다.

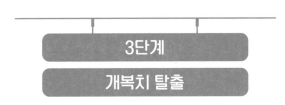

3단계

개복치 탈출

다중매칭 말고 원 매칭

선택의 역설이라는 말 들어보았나요? 인간은 선택지가 많으면 오히려 판단력이 흐려져 선택지가 적을 때보다 아쉬운 결정을 합니다.

저는 프로필을 무한 리필 해 주는 이곳에서 누구를 만나도 오래 고민하지 않았습니다. 아리송하면 다음 소개팅으로 넘어갔어요. 다음이 있는데 굳이 오늘 만남을 곱씹어 생각할 필요가 없었거든요. 한 사람을 알아보는 것에 공들이지 않고 계속 다음 사람으로 넘어갔더니 결국 한 사람도 알아보지 못한 역설적 함정에 빠졌습니다. 다중매칭이 개복치 판단의 주범이었습니다.

저는 자체적으로 다중매칭을 멈췄습니다. 만남이 신중해지려면 기회부터 드물어야 했습니다. 대체재가 있다는 생각을 버려야 한 명에 집중할 수 있었어요. 얼핏 당연한 소리 같지만 지켜보는 사람 없는 데이팅 앱에서 양심껏 다중매칭 안 하기란 어려운 일입니다. 세상에서 가장 독한 사람이 하루에 담배를 딱 한 개비만 피우는 사람이라던데, 다중매칭을 일삼던 저의 원 매칭 난이도는 살짝 과장하면 그 정도였습니다.

한 번 말고 두 번

앱의 생리를 파악할수록 판단은 가벼워졌습니다. 상대가 8가지 매력이 있어도 2가지가 아쉬워서 다음 카드를 기다렸어요. 티끌만 한 흠에도 '이건 나의 작품이 될 수 없어' 하고 깨부수는 도자기 장인처럼 이상형에 완벽하게 부합하지 않으면 '이 사람은 내 짝이 아냐' 하고 다음 상대를 찾았습니다.

제가 만약 앱에서 100명을 더 만났다면 완벽한 짝을 찾을 수 있었을까요? 앱의 모든 이성을 만나도, 세상의 모든 이성과 소개팅해도 맞물려 돌아가는 톱니바퀴처럼 딱 맞는 사람은 없을 겁니다. 지금 상대에게 아쉬운 점이 다음 상대에게 없다는 보장도 없고요.

바퀴는 조금 덜컹거려도 돌리다 보면 다듬어집니다. 낚시가 취미라는 그와 바늘에 지렁이를 끼우며 데이트했다면 그때 소개팅을 끝냈을지도 모르겠습니다. 그동안 소개팅을 빨리빨리, 대충대충 해야 할 일 해치우듯 한 것을 후회했어요. 물에 티백을 넣으면 처음엔 색만 나오지, 맛과 향은 기다려야 알 수 있잖아요. 소개팅에서 상대의 매력을 느끼려면 천천히 기다려야 했습니다. 저는 적어도 두 번은 만나 봐야 한다고 생각을 바꿨습니다.

그러나 행동은 말처럼 쉽지 않았습니다. 속단이 습관이 된 탓에 사람을 만나면 여전히 ○× 퀴즈를 풀 듯 판단해 버렸습니다. 두 번 만나는 건 원 매칭보다 난관이었어요. 그래도 시간과 노력을 들이면 못할 건 없다고 생각합니다. 스크린 골프장이 왜 있겠습니까? 시간을 두고 의식적으로 노력했어요. 마음에 물음표 즉 호감이 △인 사람도 절대 불가 조건이 발견되지 않는 이상 두 번씩 만났습니다.

왜 세 번 말고 두 번이냐고요? 삼프터 후 고백이 암묵적인 소개팅 룰입니다. 관계를 규정하지 않고 네 번 다섯 번 만나는 건 애매했습니다. 친밀감이 형성되면 "저희는 인연이 아닌 것 같습니다"라는 말도 쉽게 나오지 않았어요.

그래도 두 번은 짧지 않냐고요? 두 번을 굵게 만났습니다. 두 번째 만남에서 영화 데이트로 괜히 시간 허비하지 않고 산책하거나 가볍게 술 한잔을 마셨습니다. 최대한 많은 대화를 나누며 저와 맞는 사람인지 알아보았어요.

개복치 전후 비교

원 매칭으로 두 번씩 만났더니 소개팅이 소개팅다워졌습니다. 소개팅하면 딱 떠오르는 이미지가 있죠? 남녀가 카페에서 수줍게 이야기하는 장면이요. 어제도 소개팅했고 내일도 하는 상태에서 그동안 소개팅이 수줍을 리 없었습니다. 적당히 괜찮아서 매칭한 만남은 수줍기는커녕 건조한 시간이었죠.

이제는 만나 보고 싶은 한 명을 제대로 골랐습니다. 기회를 한 번이라 생각하니 호감도 맞호감도 신중해졌어요. 무엇보다 그간 소개팅 데이터를 토대로 잘될 수 있는 사람을 찾게 되었습니다. 매칭되면 주말까지 기다렸다 정식으로 그를 만났어요. 금요일 밤엔 만남이 기대되었고 기다린 만큼 알아보고 싶은 마음이 생겼죠. 잘 보이려는 노력은 묘한 설렘까지 느끼게 했습니다. 그에게 돈, 시간, 에너지를 모아 썼습니다. 소개팅을 과식하던 시절에 동네 벤치에서 만나 꼴랑 30분 대화했던 적도 있었는데, 그와 분위기 좋은 레스토랑에서 천천히 알아봤다면 결과가 달랐을 것 같습니다.

그리고 소개팅이 쌓여 있는 상태에선 한 명에게 집중하기 어려웠습니다. 뷔페에서 한 가지 음식을 제대로 음미할 수 없는 것과 비슷합니다. 이것저것 가져와서 먹다 보면 탕수육에서 치킨 맛이 나고 치킨에서 깐풍기 맛이 납니다. 동시에 여러 명과 연락했을 때는 내가 누구와 대화하는지조차 헷갈렸어요. 고향이 제주라 했던 사람이 이 사람이었나 저 사람이었나 채팅창을 올려봐야 했죠. 대화는 깊어지지 않고 빙빙 돌았습니다. 한 사람에게 집중했더니 그제야 그 사람을 알아가는 느낌이 들었습니다.

애프터 만남의 장점도 기대 이상이었어요. 첫 만남에선 오늘 처음 봤으니 일단 경계했고 객관적으로 판단하려는 본능이 먼저였습니다. 상대의 마음을 알 수 없어서 방어적인 태도를 취했죠. 두 번째 만남은 전제부터 다릅니다. 다시 만났다는 건 서로 어느 정도 호감을 공유한다는 뜻이잖아요. 계속 연락하면서 친근감도 생겼고요. 조금 관대해져 판단의 날이 무뎌졌습니다. 특히 외모는 눈에 익숙해지면 호감형으로 보였어요. 첫 번째 만남보다 두 번째 만남에서 잘 생겨 보였습니다.

또 첫 만남에선 직장에서 무슨 일하는지, 퇴근하고 뭐 하는지 등 주로 두루뭉술한 이야기를 나눴지만, 두 번째 만남은 친구나 가족 등 개인적인 대화도 주고받았습니다. 에피소드를 공유할수록 가까워졌고, 공통점을 발견하면 몰랐던 매력이 보이기 시작했어요. 어색한 분위기가 풀려 농담까지 주고받으면 티키타카의 재미도 느낄 수 있었습니다.

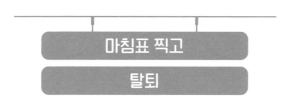

마침표 찍고
탈퇴

소개팅 봇 OFF

결론부터 말하면 마지막이 될지 모를 남자를 만났습니다. 소개팅 백번 끝에 드디어 만났네요. 하늘에서 보리 보리 보---리 하다가 쌀을 던져준 듯 행복했습니다. 이 얼마나 할렐루야를 외치며 108배를 할 일인지 이만큼 소개팅하지 않았다면 모를 겁니다.

어렵게 얻은 아이를 금지옥엽 키우듯 어렵게 얻은 인연이라 그가 더없이 소중했어요. 소개팅 봇 시절에는 소울푸드 '뿌링클 치킨'도 맛없었는데 연애를 시작하니 맹물도 맛있었어요. 미세먼지 낀 하늘이 아름답고 물맛조차 좋아지는 것이 연애인가 봅니다. 몸은 앱을 기억했고, 카드 오는 시간만 되면 휴대폰을 찾았다가 그럴 필요 없다는 사실에 행복했습니다.

만세! 데이팅 앱에서 해방되었습니다! 오래도록 잘 만난다면 1주년, 2주년은 제게 광복절로 기념될 겁니다.

드디어 연애할 수 있었던 이유는 될 때까지 소개팅을 밀어붙였기 때문이 아닙니다. 절대 인해전술로 얻어걸린 게 아니에요. 끊임없이 소개팅하며 현실에 부딪혔고 같이 시소에 올랐다가 혼자 내려오는 외로움을 통해 욕심이 정리되었기 때문입니다.

만약 소개팅 자세를 리셋하기 전에 남자친구를 만났다면 당연히 그를 놓쳤을 겁니다. 솔직히 배지 1개 있는 사람보다 2, 3개 있는 사람에게 눈이 갔거든요. 그와 알아가는 단계에서도 흐지부지 끝났던 소개팅남들한테 다시 연락이 왔습니다. 연말이 왔다는 뜻입니다. 솔로들은 연말에 종종 '꺼진 불도 다시 보자' 운동을 펼치거든요. 제가 여전히 스펙만 좇았다면 꺼진 불을 살피다 그를 놓쳤을 겁니다. 하지만 그와 만난 날부터 틈을 만들지 않고 직진했어요. 조건의 군살이 빠지자 빠르게 직진할 수 있었습니다. 조건 다이어트가 빛을 발했죠.

꺼진 자리는 로맨스가 채웠습니다. 지난 만남엔 집안, 자산, 연봉, 학벌, 슈퍼카는 있어도 로맨스가 부족했습니다. 로맨스가

구멍 난 관계는 제대로 된 연애로 이어지지 못했어요. 마음이 덜 할수록 조건을 탐했고, 마음의 빈칸은 더 나은 상대를 찾는 것으로 채웠습니다. 그래서 대부분의 만남에서 서로 '너 정도면 나쁘지 않아'와 같은 느낌이었는데 그는 '너라서 좋아'를 느끼게 해주었습니다. 그런 그에게 아쉬움을 느낄 새가 없었어요.

로맨스는 연애 만렙키 콩깍지로 이어졌습니다. 사랑스러운 분위기를 만끽하자 그의 모든 것이 좋아 보였습니다. 스크래치와 녹이 마블링된 그의 차도 귀여워 보였어요. 후진 것이 귀엽게 보이면 거기서부터 끝이라고 하죠? 한마디로 저는 그에게 끝났습니다.

콩깍지가 얼마나 대단한지, 저는 동물을 무서워하는데 어릴 때 할아버지께서 "자꾸 떼쓰면 경찰서 데려간다"가 아니라 "동물원 데려간다"라고 하셨을 정도입니다. 지금도 강아지를 안은 사람이 엘리베이터에 있으면 그냥 올려보냅니다. 그런 제가 고양이 집사인 그가 좋아서 장바구니에 츄르를 담고 유튜브에 고양이 수제 간식 만드는 법을 검색했습니다. 제 평생 TV 프로그램 〈동물농장〉을 보면서 우는 날이 올 줄 꿈에도 몰랐네요.

이용 기간 정하고 시작하기

가입할 때 한 달만 쓰고 끊을 생각으로 시작하세요. 이용 기간을 2주에서 최대 한 달로 정하세요. 장기적 앱 사용은 득보다 실이 많습니다. 단맛이 끝나면 반드시 쓴맛이 오거든요. 기간이 길면 끊기도 어렵습니다.

한 달 안에도 기회는 충분합니다. 특히 이상형 카드는 이용 초기에 몰리고 점점 이상형에서 멀어집니다. 데이팅 앱 '블라인드 데이트' 대표 인터뷰에 따르면 신규 회원에게 매력적인 카드를 준다고 해요. 고인 회원에게 줄 수 있는 좋은 카드는 떨어지기 마련입니다. 초심자의 행운, 초반에 오는 이성을 놓치지 마세요.

매칭되면 휴면하기

매칭 후 휴면하거나 접속하지 마세요. 우리는 눈에 보이는 유혹에 쉽게 흔들립니다. 매력적인 프로필이 뜨면 호감, 맞호감을 누르기 십상이에요. 상황부터 차단하려면 소개팅 날짜까지 앱에 기웃거리지 말아야 합니다. 모바일 화면에서라도 삭제하세요.

괜히 접속했다간 십중팔구 다중매칭을 하게 됩니다. 그래서 제가 백날 매칭해도 연애하지 못한 겁니다. 다중매칭은 소개팅 에너지를 분산시켜서 한 명을 알아가는 데 집중할 수 없었어요. 직장 메신저는 근무 중, 휴식 중 등 근무 상태를 바꿀 수 있는데 데이팅 앱도 매칭 대기, 매칭 완료 같은 표시 기능이 있으면 좋겠네요.

미련 없이 직진하기

데이팅 앱으로 결혼한 친구에게 비결을 물었습니다. 둘은 처음 만난 날 서로 마음에 들었다고 합니다. 동시에 앱에 접속해서 서로의 탈퇴 버튼을 눌러 주며 1일이 되었다고 하네요.

다음 기회가 열려 있는 앱에서 가장 중요한 건 직진입니다. 앱을 통한 만남은 신뢰가 부족하고 신뢰를 채워 주는 것은 직진입니다. 이 사람이다 싶으면 그·그녀를 목적지로 설정하고 경로 이탈 없이 직진하세요. 자꾸 다음 카드를 열어 보고 경유지에 추가하면 도착지가 무인도일지 모릅니다.

지인에게 소개받기

이성을 만나는 창구는 다양하게 열어둘수록 좋습니다. 데이팅 앱을 쓰면서 동시에 지인 소개팅 기회도 열어 놓으세요. 아는 사람에게 소개받으면 나중에 상대가 나를 어떻게 말할지 신경

쓰이고 주선자 욕 먹이지 않으려고 최대한 예의를 갖춰 소개팅
하게 됩니다. 그 자세를 매칭된 상대에게 적용해 보세요. 느슨해
진 앱개팅에 긴장감을 더할 수 있습니다.

데이팅 앱에서

사랑까지

사랑도 본능, 정치도 본능

사람들은 사랑해서 결혼까지 합니다. 저는 거꾸로 결혼해서 사랑까지 하고 싶습니다. 사랑은 한 번에 명중하는 감정이 아니라 언저리부터 가까워지는 감정이라 생각해요. 50% 좋아해서 연애하고 90% 좋아해서 결혼하고, 가족이란 이름으로 100% 사랑까지 채울 수 있는 것 아닐까요. 결혼해서 오래도록 사랑에 가까워지고 싶습니다.

제게 사랑은 최종 단계라서 소개팅도 연애도 사랑할 수 있는 사람을 찾는 과정이었습니다. 지난 1년 동안 머리에 계산기 꽂고 사람을 찾았어요. 시장 논리에 따라 제가 좋아한 사람은 저를 원하지 않았고, 저를 좋아한 사람은 제가 원치 않았죠. 동시에 맞아떨어지기 참 어려웠습니다.

결혼 시장에서 배우자를 찾는 일은 정치였어요. 여기서 정치는 여당, 야당이 이익을 위해 싸우는 정치가 아니라 같이 잘 살기 위한 신중함입니다. 결혼은 일생일대의 선택이라 결혼 앞에서 누구도 대충 선택하지 않습니다. 잘 살고 싶어서 조건도 비교하고 고민을 거듭하죠.

요즘 세대는 결혼을 할지 말지부터 고민합니다. 결혼이 통과의례가 아니라 선택이 된 까닭은 취업이 어렵고 돈 모으기도 어려운 시대 탓도 있지만, 혼자 있어도 충분히 재밌기 때문입니다. 금요일 밤 넷플릭스에 치맥보다 재밌으려면 결혼은 그 이상의 매력을 가져야 합니다. 결혼 자체를 해도 그만, 안 해도 그만인 상태에서 배우자를 찾으니 눈은 더 까다로워질 수밖에요.

TV 프로그램 〈나는 솔로〉에서 둘째 날 솔로들의 나이, 직업, 자산, 거주 지역이 공개되면 애정의 판도가 바뀝니다. 현실적 이유로 호감 가는 이성이 달라집니다. 결혼 적령기 남녀가 함께할 가능성이 큰 사람에게 마음을 여는 것은 본능입니다.

좋은 조건의 친구는 명함을 판 날 온갖 결혼정보회사에서 전화가 왔다고 합니다. 가입비 단돈 몇만 원에 소개팅에 나가면 식사비와 문화상품권까지 준다고 했다네요. 그 후 데이팅 앱 광고 문자도 지겹게 받았다고 해요. 친구를 원하는 이성이 많다는 이야기입니다.

남녀 관계에서 외모, 나이, 직업, 학벌, 자산, 집안, 성격, 센스까지 모든 것이 조건입니다. 사람마다 우선순위와 비중은 달라도 누구나 나만의 계산기를 품고 나에게 최대 만족을 줄 수 있는 상대를 선택합니다. 조금 과장을 보태면 우월한 종을 선택하는 건 우주의 섭리이자 진화의 시작이 아닐까요. 세상에 계산하지 않은 선택은 없다고 생각합니다.

키가 작았던 소개팅남은 키 큰 여자가 이상형이라 했습니다. 이유를 물어보니 농담을 가장한 진담으로 "저희 집안의 종자 개량을 위해서요"라고 하더군요. 2세의 키를 생각하면 여성의 키가 커야 안심이라는 거죠.

제가 마른 체형이라 좋다던 소개팅남도 "저희 집안은 할아버지, 할머니, 아버지, 어머니, 누나까지 예외 없이 다 뚱뚱해요. 저는 제 자식에게 다이어트의 고통을 물려주고 싶지 않습니다"라며 마른 이성을 찾았어요.

최근 결혼한 친구도 비슷합니다. 그녀는 엘리트 코스를 밟은 전문직에 외모까지 빠지지 않는 엄친딸입니다. 남편은 학벌, 직업, 외모 모두 객관적으로 그녀보다 부족합니다. 부모님이 결혼을 반대하자 친구는 이 한마디로 단번에 오케이를 받아냈어요. "내 성격 몰라?" 이 남자 저 남자 다 만나 봤고 자신의 모난 성격을 받아줄 수 사람은 둥글둥글한 그뿐이라는 겁니다. 그와 그녀 모두 복합적 계산을 통해 서로를 택했을 겁니다.

하지만 이상형을 물었을 때 대화가 통하는 사람이라 하면 무난하고, 잘생긴 남자라 답해도 나름 솔직하게 봐주는데, 그 외의 것을 말하는 순간 속물이 됩니다. 특히 능력은 학창 시절부터 본인의 노력으로 차근차근 일궈낸 결과지만 공공연하게 말하면 서로 불편해집니다.

제 친구의 이상형은 같이 있을 때 재밌고 편안한 사람이라고 합니다. 성격과 가치관을 본다는 건데, 사실 기본적인 조건이 어느 정도 맞단 가정하에 하는 이야기래요. 스펙엔 낭만이 없어서 그런 건 대놓고 말하긴 민망하다네요.

이처럼 조건은 대부분 속으로만 따지기 때문에 속으로는 너도 알고 나도 아는 것이 조건입니다. 그런 마음이 하나도 없는 사람은 극히 드물지 않을까요.

배지 없어도 그를 선택했을까?

저는 100번의 소개팅 끝에 만난 그와 1년의 연애 후 이별했습니다. "너 명함 떼도 그 사람 만났을 거야?"라고 묻는다면 1초의 망설임도 없이 "응"이라 하지 못합니다. 그는 명함 외에도 어필할 수 있는 점이 많았습니다. 그가 살아온 방식과 건강한 내면이 존경스럽고 그와 닮아가는 제 모습이 마음에 들었어요. 그런데도 배지가 없었다면 그를 선택할 수 있었을까요?

제 욕망을 선택해 놓고 굳이 사랑이라 포장하고 싶지 않습니다. 저는 조건을 확인한 다음에야 안전하게 사랑할 용기가 생기는 사람입니다. 같은 이별을 반복하기 싫단 이유로 프로필을 읽을 때 직업을 1순위로 보았습니다. 직업이 괜찮다면 그제야 나머지를 읽었어요. 직업 배지가 없었다면 그의 카드를 넘겼을 겁니다. 그럼 만날 일도 없고 사귀면서 다른 매력을 볼 기회조차 없었겠죠. 배지가 없었다면 애초에 시작이 없었을 겁니다.

그럼 배지 없이도 그를 좋아했을까요? 어느 영화에서 사랑이란 평생 모르고 지나갈 법한 희귀한 감정이라 했습니다. 저는 사람을 좋아하는 크고 작은 모든 감정이 다 사랑일 순 없다고 생각합니다. 그래서 지금껏 어떤 남자도 사랑까지는 하지 않았어요.

단지 할 수 없는 걸 해 버렸을 때 사랑 비슷한 감정을 느꼈습니다. 고향 내려가는 KTX에서 남자친구를 소개하는 대사를 달달 외웠던 것처럼, 〈동물농장〉을 보며 펑펑 울었던 것처럼 원래 저라면 못할 일을 실현하는 것이 사랑 언저리 감정이라 생각합니다.

배지 덕에 시작한 이번 연애에서 '온전히 이 사람 자체를 원한다'라는 숭고한 감정을 느꼈습니다. 나중엔 그가 더 가졌든 덜 가졌든 그것도 상관없었어요. 그건 속물이 된 제가 감히 할 수 없는 생각이었습니다. 조건을 따진 만남이라 처음부터 순수한 사랑은 될 수 없다고 생각했거든요. 그런 감정은 애초에 넘보지 않았는데 어느 순간 기적처럼 생겼습니다. 그래서 명함이 없어져도 그를 끝까지 많이 좋아했을 겁니다.

어떤 이들은 결혼정보회사, 데이팅 앱을 사람이 아닌 프로필을 보는 곳이라 비판합니다. 세상 사람의 절반이 이성인데 그 사람들을 다 만나 볼 수도 없고 조건부터 보는 것이 그렇게 이상한가요? 그 사람 조건에서 시작해서 그 사람 자체에 스며드는 만남도 있는걸요. 사람들이 속물이라 말하면 좀 슬프지만, 저는 지난 소개팅을 후회하지 않습니다. 적정선을 넘어 고생했을 뿐입니다. 좋은 사람 찾아 잘 만나 보고 싶은 마음은 진심이었어요.

소개팅 서비스는 사람을 소개해 주지 억지로 사랑까지 떠먹여 주진 못합니다. 만약 연애와 결혼까지 시켜줬다면 모든 업체가 상장했고 테슬라, 애플보다 주가가 높을 겁니다. 소개팅 서비스는 매칭까지, 그 이후는 온전히 우리의 세계입니다.

서른둘,
다시 데이팅 앱

현역의 총평

새 연애를 시작하기 위해 데이팅 앱에 돌아왔습니다. 들어간 지 3분 만에 호감 표현이 왔어요. 이제는 뫼비우스의 소개팅에 발 들이지 않고, 무한 매칭의 늪에도 빠지지 않으려고요. 건강한 연애가 그려지는 프로필과 매칭했고 우직하게 두 번씩 만났습니다. 다섯 번도 안 되는 소개팅 끝에 새로운 남자친구가 생겼습니다. 이로써 저의 데이팅 앱 사용 역사가 또 한 번 깊어집니다.

그동안 앱 세계에 입장하여 소개팅 롤러코스터를 멀미 나도록 탔습니다. 머리가 산발될 때마다 앱을 탓하기도 했어요. 지인을 통해 만났더라면 소개팅 도중 상대가 실종되는 일은 없었을 거예요. 서로 저울질하더라도 속으로 생각하고 예의를 갖춰 끝냈겠죠. 살짝 거슬려도 참고 넘어갈 부분인데 앱에는 워낙 기회가 많아서 까다로워진 것도 사실입니다. 정수리에 있던 눈이 더 높아졌고 만성이 된 눈높이를 바꾸기까지 오랜 시간이 걸렸습니다. 만약 서른 살에 바로 결혼정보회사를 들어갔더라면 지금쯤 결혼했을지도 모르겠네요.

또한 앱 필터로 본 세상은 아름답지 않았습니다. 외모지상주의, 물질 만연주의를 온전히 느낄 수 있었어요. 이곳에선 스펙이 부족할수록 만남의 난이도가 올라갔습니다. 서른 살 생일에 친구들이 선물로 뭘 받고 싶냐고 물었을 때, 우스갯소리로 '배지'라고 답했습니다. 겉은 달콤해도 속은 매운맛이었던 데이팅 앱에 높은 점수를 주고 싶지 않습니다.

그럼에도 앱을 이용한 까닭은 만남 기회가 무한했기 때문입니다. 영화 〈완벽한 타인(2018)〉에서 주인공들은 낚시를 하며 여기가 호수냐 바다냐 하고 싸웁니다. 그때 누군가 말하죠.

"우럭 잡는 놈한텐 바다고 붕어 잡는 놈한텐 호수다."

말도 많고 탈도 많은 데이팅 앱, 무한한 기회를 조절하느냐 끌려다니느냐가 핵심이었습니다. 현명하게 활용하는지, 중독되어 소비하는지에 따라 누군가에겐 만점도, 빵점도 될 수 있을 거예요. 서른의 저와 서른둘의 제가 다른 점수를 주는 것처럼요.

앱밍아웃

주변에서 어떻게 남자친구를 만났냐고 물으면 저는 망설임 없이 데이팅 앱으로 만났다고 말합니다. 항상 그래왔어요. 제 연애가 진지하고 좋아하는 마음이 진심이기 때문입니다. 처음부터 가볍게 노는 게 아니라 사랑할 사람을 찾으려고 앱을 시작했습니다.

그러나 앱밍아웃하면 "그래서 얼마나 만났는데?"라는 말을 자주 듣습니다. 적어도 반년은 만나야 정상적인 만남으로 인정해 주는 것 같아요. 앱으로 만났기 때문에 때때로 만남의 무게를 증명해야 했습니다. 데이팅 앱은 여전히 조금 그런 이미지거든요.

이용하는 사람조차 다른 사람에게 데이팅 앱이나 하는 사람으로 비칠까 몰래 이용합니다. 앱으로 사귀면 "우리 사람들한텐 어디서 만났다고 말하지?"라는 말을 듣습니다. 굳이 입을 맞춰야 하나 싶지만, 나중에 상견례 자리에서 "자네, 우리 아이를 어떻게 만났나?"라는 질문에 "저희는 앱에서 만났습니다. 따님이 그날 받은 카드 중에 가장 제 스타일이었고, 따님께 맞호감 받아 매칭되었습니다"라는 대화가 매끄럽지 않긴 하죠.

　그래도 확실하게 말할 수 있습니다. 제가 경험한 데이팅 앱은 음침한 서비스가 아니었습니다. 19금의 눈으로 접속하면 그런 사람 찾을 수 있고, 로맨스의 눈으로 보면 연애하고 싶은 멀쩡한 사람이 잘 보였습니다.

　단지 지금이 과도기가 아닐까 생각합니다. 소개팅 서비스는 버라이어티하게 KTX 속도로 나아가는데, 우리 인식은 19금 이미지에 오래 정차했다가 이제 조금씩 무궁화호 속도로 움직입니다. 데이팅 앱이 개선적 방향으로 나아가고 사람들 사이에 긍정적 경험이 만연해지면 과도기가 끝나고, 숨길 일도 없지 않을까요.

　비자발적 솔로 여러분, 어떤 방식이든 움직여 보세요. 주선 형태가 달라도 사람을 만난다는 본질은 같습니다. 데이팅 앱을 최고의 수단이라 극찬할 순 없지만, 마땅히 연애할 통로가 없는 솔로에게 새로운 길이 될 수 있다고 생각합니다. 짚신도 짝이 있다는 말보단 도움이 될 겁니다.

　저는 지금도 데이팅 앱으로 만나 보통의 연애를 하고 있습니다. 만약 그와 헤어진다면 또다시 앱을 통해 만나겠죠. 저는 제 연애에, 제 결혼에, 언젠가 가까워질 사랑에 최선을 다하고 있습니다. 사랑하고 싶어서 결혼하고 싶고, 결혼하고 싶어서 소개팅하고, 소개팅하고 싶어서 데이팅 앱을 이용했습니다. 저의 허심탄회한 앱밍아웃이 여러분에게 응원으로 닿길 바랍니다. 구김살 가득한 제 이야기가 여러분이 덜 구겨지도록 돕는다면 조금도 아깝지 않습니다.

서른 지나면
조금 괜찮아져요

서른이 되자 모든 것이 조급했습니다. 전 연인과 이별, 연이은 소개팅 실패로 에어백도 없는데 여기저기서 친구 결혼, 후배 결혼, 사촌 결혼 소식이 들렸어요. 인간은 사회적 동물이라 주변에 속도를 맞추고 싶잖아요. 쫓기듯 불안했던 그 마음을 '서른 병'이라 부르겠습니다.

서른 병 중기에는 가는 세월이든 지나가는 남자든 붙잡고 싶었습니다. 판단력이 흐려지는 순간도 있었죠. 하지만 아무나 허투루 만나지 않았습니다. 무수한 소개팅을 거쳐 드디어 한 사람을 만났습니다.

서른한 살 가을 이별했고 그 후 결혼욕이 낙엽처럼 떨어졌습니다. 주변을 봐도 '서른 전에는 결혼해야지', '마의 서른다섯은 넘기지 말아야지', '마흔은 안 되는데' 하고 자신이 정한 마감일을 보내면 또 괜찮은 시기가 오더라고요. 생리 주기에 따라 식욕이 폭발했다가 잦아지는 것처럼 서른에서 멀어지자 결혼욕이 거짓말처럼 잠잠해졌습니다. 결혼식 프로불참러라는 소문이 돌았는지 청첩장도 끊겼죠.

그동안 결혼에 골인하고 싶어서 소개팅 시장을 경주마처럼 달렸습니다. 친구 결혼식에서, 웨딩드레스 샵 투어 브이로그를 보면서, 주말드라마를 보면서 막연히 결혼하고 싶었어요. 하고 싶은 마음보다 해야 할 것 같은 마음이 컸죠. 남들 다 하는 거 나도 할 수 있다는 치기 어린 마음도 있었습니다. 제가 꿈꾸는 것은 결혼보다 결혼식에 가까웠어요. 가장 빛나는 나이에 웨딩드레스를 입고 사람들에게 '여러분, 저 임자 있어요! Sold out입니다!'를 보여 주고 싶었는지 모릅니다.

머릿속을 지배하던 결혼욕이 증발하자 이제야 결혼이 현실로 보입니다. 결혼은 이벤트가 아닌 일상입니다. 뜨거운 사랑보다 따뜻한 가족애에 가깝습니다. 도서관에서도 연애 관련 도서는 사랑, 심리 쪽에 진열하고 결혼 관련 도서는 가족학 분야로 분류합니다. 결혼 관련 도서의 살벌한 제목들 좀 보세요. 《결혼은 리얼이다》, 《이럴 거면 나랑 왜 결혼했어?》, 《차라리 혼자 살 걸 그랬어》, 《대한민국 부부 행복하신가요?》, 《졸혼 시대》, 《혼자가 좋다》 등 결혼이 만만치 않다는 걸 증명합니다.

　저는 결혼하고 싶다고 말하면서 혼자 사는 삶에 상당히 만족하고 있습니다. 독신의 편안함을 잘 알고 있거든요. 먹고 싶을 때 먹고, 자고 싶을 때 자고, 더럽다고 느낄 때 청소하고, 쉬고 싶을 때 쉴 수 있는 지금이 좋습니다. 거주 공간과 생활방식에 아무도 왈가불가할 수 없는 현재를 유지하고 싶어요. 결혼하면 지금보다 좋을 수 있을지 의문입니다.

　1년짜리 헬스장 회원권을 끊고도 그새 마음이 바뀌어서 후회하는 게 저란 인간입니다. 저는 저를 잘 알아서 뭐든지 한 달씩만 끊습니다. 그런데 결혼은 1회 체험도 없고 환불도 복잡한 평생 동반 회원권이 아닐까요. 게다가 결혼하면 넘어야 할 산이 두 개나 있다면서요. 부동산과 출산, 부동산이 다이소도 아니고 제가 오은영 박사도 아닌데 어떡하죠. 현실을 알면 결혼 생각이 쏙 들어갑니다.

　서른 병 태풍의 눈이었던 친구들은 한참 신혼을 즐기고 있습니다. 그들은 만날 때마다 결혼 강력 추천을 외치는 결혼 전도사들로 거듭났어요. 쳇, 기혼으로 한 번 미혼으로 한 번 살아본 것도 아니면서 기껏 2년 살고 강력 추천이라니. 결혼 20년 차 선배에게 물었어요.

"선배도 제 친구들처럼 결혼을 강력 추천하세요?"

"결혼은 별 5개인 영화랑 비슷해요. 별점 때문에 기대했는데 막상 보면 별 0.5개도 아까워서 의아할 때도 있지 않아요? 그때 '나만 죽을 수 없다, 너도 당해 봐' 하는 마음으로 별 5개 주잖아요. 친구들도 그런 맥락 아닐까요?"

"역시 2년과 20년은 다르네요. 그럼 다시 태어나면 결혼 안 하실 거예요?"

"음, 사람 마음이 마음대로 되는 건 아니라서요. 아이가 태어난 순간, 젊을 때 혼자 갔던 여행지를 가족과 함께 간 순간, 아버지 장례식에서 아내가 제 옆을 지켜준 순간, 그 순간들을 잊지 못해서 저는 또 결혼할 것 같아요."

"어쨌든 선배도 결혼 전도사네요."

서른 딱지를 떼며 결혼 의무감(옥)에서 탈옥했습니다. 하지만 여전히 결혼하고 싶습니다. '죽고 싶지만 떡볶이는 먹고 싶은 것'처럼, 혼자 있고 싶어도 여전히 둘이 되고 싶어요. 쉬고 싶을 때 양껏 쉴 수 없고 먹고 싶을 때 잠깐 기다려야 할지라도, 함께 움직이고 같이 밥 먹으며 덜 외롭고 싶습니다. 술 먹고 들어오는 그 때문에 단잠을 깨더라도 몸을 포개 같이 잠들고 싶습니다.

모든 선택에 가성비 따지는 저지만 가장 비효율적인 감정인 사랑을 언젠가는 하고 싶어요. 별 0.5개짜리 결혼이라도 보편적 삶의 단계에서 밟아가는 희로애락들을 누리고 싶습니다. 식당에서 말없이 각자 휴대폰을 보며 밥만 먹고 떠나는 부부를 보면 씁쓸해 보여도 큰 노력 없이 평안하게 유지되는 그 관계가 부럽습니다.

속도 모르고 일요일마다 아빠께 전화가 옵니다.

"8번 틀어라."

대뜸 TV를 틀어보라고 하시네요. 아마도 주말드라마일 겁니다. 검색해 보니 그날 회차는 임신한 주인공과 축하하는 부모의 이야기입니다. 3주 전에 결혼했는데 벌써 임신했군요. 이 정도 속도면 한 달 뒤엔 증손주도 보겠습니다.

제 삶도 드라마처럼 빨리 감기가 된다면 얼마나 좋을까요? 결혼을 꿈꾸지만 마냥 쉽게 결혼할 수 없는 이 시기가 얼른 지나갔으면 좋겠습니다. 삶이 조금 평온해졌으면 좋겠어요.

이 책이 나오면 엄마께선 이렇게 말씀하실 것 같았어요.

"아이고, 너 이제 시집 다 갔다! 소개팅 백번이 뭐냐? 동네 창피하게."

그럼 저는 씨-익 웃으며 말하려 했죠.

"시집 다 가긴 뭘 다가! 아직 한 번도 못 갔구먼. 결혼 백번도 아니고 소개팅 백번이 흠인가? 그리고 결혼 백번이면 그것도 능력이지, 안 그래?"

엄마의 뜨악한 표정을 예상했지만, 최종 원고를 본 엄마의 반응은 생각보다 쿨하셨습니다.

"그래서 지금 남자친구가 있다는 거야, 없다는 거야?"

이 책을 덮을 때 여러분의 반응도 비슷하려나요.

"그래서 데이팅 앱을 하라는 거야, 말라는 거야?"

이 책은 데이팅 앱이 궁금한 분들께 참고할 만한 소스를 드리고 싶어서 쓰게 되었습니다. 다만 저로 한정한 이야기라 앱을 통한 만남을 포괄적으로 다루지 못합니다. 특히 저는 프리미엄 앱을 이용했고 30대라 생긴 에피소드가 많습니다. 누군가 일반 데이팅 앱으로 20대 편 또는 남자 편을 써 주신다면 그것도 흥미롭겠네요.

조건을 따지는 부분이 다소 불편하게 느껴졌을지도 모르겠습니다. 그런데 조건은 사랑의 반대말이 아니라고 생각합니다. 저도 사랑을 원하니까요.

모쪼록 출판 기회를 주신 북스고에 감사합니다. 데이팅 앱을 통한 만남과 조건을 고려한 선택도 최선이고 진심이었다는 것을 적을 수 있어 다행입니다.

마지막으로 함께한 독자 여러분께도 감사합니다. 최대한 유쾌하게 쓰고 싶었는데 밥도 남이 해 줘야 맛있고 글도 남이 써야 재밌나 봅니다. 스스로 아쉬움이 남습니다. 만약 결혼하게 된다면 가정이 있는 삶, 비혼으로 남게 된다면 그 나름의 삶도 유쾌하게 그려보고 싶습니다.

〈참고 문헌〉

· 김수경. (2022). "팬데믹에 데이팅 앱 이용자 늘었다" 인크로스, 분석 리포트 발표. 브랜드브리프. https://www.brandbrief.co.kr/news/articleView.html?idxno=5188.

· 김수영. (2017). 결혼하기 좋은 나이. MYWEDDING. http://mywedding.designhouse.co.kr/in_magazine/sub.html?at=view&info_id=76200.

· 마크로밀엠브레인 트렌드모니터. (2019). 사교 및 소셜데이팅 앱(앱) 관련 인식 조사. 리서치 보고서, 2019(1)

· 민필기. (2019). 소셜 데이팅 앱 사용 의도에 관한 연구. 석사학위, 연세대학교.

· 배정원. (2021.11.06.). 하루에 30억번 '짝 찾기'…유튜브도 제친 MZ 세대 필수 앱. 중앙일보. https://www.joongang.co.kr/article/25021463.

· 송은미. (2023.02.08.). 미국 성인 10%, 데이팅앱으로 동거인 만나. 한국일보. https://www.hankookilbo.com/News/Read/A2023020217060002731?did=NA.

· 송혜린. (2022). 소개팅앱 사용동기에 따른 잠재프로파일 분류 및 관련 변인들의 영향력 검증 : MZ세대를 중심으로. 석사학위, 인하대학교.

· 신동훈. (2019.03.12.). 2030 남녀, 데이팅 앱 하루 평균 16회 이용. CCTV 뉴스. http://www.cctvnews.co.kr/news/articleView.html?idxno=107926.

· 유채연. (2022.10.15.). 2030 직장인 10분 소개팅 유행. 동아일보. https://www.donga.com/news/Society/article/all/20221014/115946968/1.

· 이하린. (2019. 03. 12.). 아만다, 데이팅 앱 이용 트렌드 공개… "하루 평균 16회 접속". 인사이트. https://www.insight.co.kr/news/215838.

· 임은정 & 최승미. (2021). 대학생의 데이팅 앱 사용동기에 영향을 미치는 심리적 요인에 대한 연구. 한국심리학회지: 여성, 26(1), 27-49.

· 임은정. (2021). 데이팅 앱을 사용하는 대학생의 심리적 특성에 관한 연구. 석사학위, 광운대학교.

· 임은주. (2019.10.18.). 밀레니얼·Z 세대 2020년 키워드…다만추·후렌드·선취력 등. 데일리팝. http://www.dailypop.kr/news/articleView.html?idxno=42115.

· 정지원. (2022.03.12.). 코로나 시대 비대면 연애의 풍경. Allure Korea. https://www.allurekorea.com/2022/03/13/코로나-시대-비대면-연애의-풍경/.

· 태현지. (2022.11.29.). 프리미엄 소셜 데이팅 앱 시장 개척, 가입자 수 40만 명 돌풍. 동아일보. https://www.donga.com/news/Economy/article/all/20221128/116723738/1.

· Orosz, G., Benyo, M., Berkes, B., Nikoletti, E., Gal, E., Toth-Kiraly, I., & Bothe, B. (2018). The personality, motivational, and need-based background of problematic Tinder use. Journal of behavioral addictions, 7(2), 301-316.

· Sumter, S. R., Vandenbosch, L., & Ligtenberg, L. (2017). Love me Tinder: Untangling emerging adults' motivations for using the dating application Tinder. Telematics and informatics, 34(1), 67-78.

소개팅에 진저리 난
사람들이 보는 책

펴낸날 초판 1쇄 2023년 4월 28일

지은이 유연

펴낸이 강진수
편 집 김은숙, 최아현
디자인 임수현

인 쇄 (주)사피엔스컬쳐

펴낸곳 (주)북스고 **출판등록** 제2017-000136호 2017년 11월 23일
주 소 서울시 중구 서소문로 116 유원빌딩 1511호
전 화 (02) 6403-0042 **팩 스** (02) 6499-1053

© 유연, 2023

• 이 책은 저작권법에 따라 보호를 받는 저작물이므로 무단 전재와 무단 복제를 금지하며,
  이 책 내용의 전부 또는 일부를 이용하려면 반드시 저작권자와 (주)북스고의 서면 동의를 받아야 합니다.
• 책값은 뒤표지에 있습니다. 잘못된 책은 바꾸어 드립니다.

ISBN 979-11-6760-046-2 03810

책 출간을 원하시는 분은 이메일 booksgo@naver.com로 간단한 개요와 취지, 연락처 등을 보내주세요.
Booksgo는 건강하고 행복한 삶을 위한 가치 있는 콘텐츠를 만듭니다.